La **Naïma** és afroamericana. El seu pare és americà i la seva mare ve d'Àfrica. La seva passió és el circ.

La **Rajani** és índia. Li encanta la dansa, sobretot les danses tradicionals del seu país.

L'**Alexa** és australiana. Munta a cavall i somia a convertir-se en campiona d'equitació.

# LA TROBADA DE LES KINRA

A en Cédric.
A. C.

Primera edició: març del 2016

Títol original: *La rencontre des Kinra Girls*

Adaptació del disseny i maquetació: Endoradisseny
Edició: Olga Portella Falcó i Iago Fernández González
Direcció editorial: Iolanda Batallé Prats



La Galera, SAU Editorial
Josep Pla, 95
08019 Barcelona
www.lagaleraeditorial.com
lagalera@lagaleraeditorial.com

Imprès a Limpergraf
Mogoda, 29-31 . Pol. Ind. Can Salvatella
08210 Barberà del Vallès

Dipòsit legal: B-247-2016
Imprès a la UE

ISBN: 978-84-246-5549-5

Volem agrair la participació en aquest projecte a: M. Bellamy-Brown; C. Bleuze; M. Boucher; J.-L. Broust; S. Chaussade; A.-S. Congar; E. Duval; A. Le Bigot; B. Legendre; É. Leplat; V. Lhuillier; L. Maj; F. Malbert; K. Marigliano; A. Molac; L. Pasquini; C. Pelot; C. Schram; M. Seger; V. Sem; S. Tuovic; K. Van Wormhoudt; M.-F. Wolfsperger.

kinra girls

# LA TROBADA DE LES KINRA

Traducció d'Oriol Sánchez Vaqué

laGalera

MOKA

IL·LUSTRACIONS ANNE CRESCI

## LES ENEMIGUES DE LES KINRA GIRLS

**Michelle**

**Ruby**

**Jennifer**

## ELS AMICS DE LES KINRA GIRLS

**Mickael**

**Johannis**

**Senyor Meyer**
el director

**Miss Daisy**
l'ajudant
del director

**Emma**
la infermera

# ELS PROFESSORS I LES PROFESSORES

**Senyora Beckett**
Anglès

**Signora DellaTorre**
Cant

**Senyora Jensen**
Dansa

**Mestre Wang**
Dibuix

**Senyor Ramos**
Guitarra

**Senyor Brown**
Matemàtiques

**Senyor Tremblay**
Arts del circ

**Rainer**
Equitació

*Som tots diferents;*

*per tant, som tots excepcionals.*

Proverbi arameu

## Capítol 1
## Quan una noia coneix una altra noia

La Rajani va contemplar aquella mena de castell immens. Estava una mica sorpresa. L'edifici semblava molt antic. En el prospecte que li havien donat, però, es parlava molt bé dels equipaments ultramoderns de l'Acadèmia Internacional Bergström. El parc, en canvi, era ben bé com se l'havia imaginat, amb grans arbres majestuosos i una gespa verda preciosa. La Rajani va mirar darrere seu. Els nous alumnes i els antics

s'afanyaven al voltant dels autocars enmig d'un xivarri alegre. Els xofers ja treien les maletes.

«Ja hi sóc. La meva escola!», va pensar la Rajani. Quants esforços per arribar-hi! Havia sacrificat tot un any treballant sense descans. Un any marcat per les avaluacions escolars, els cursos d'anglès al vespre i els caps de setmana dedicats al seu art. Tot plegat per demostrar als seus pares que la seva passió per la dansa no era cap caprici! En comparació amb això, les audicions organitzades per l'Acadèmia li havien semblat quasi fàcils.

L'espera de la carta de l'escola havia sigut una autèntica tortura. I quan, finalment, la Rajani havia rebut la resposta, havia deixat anar un crit d'alegria tan fort que havien tremolat les finestres. Ho havia aconseguit!

I llavors... la Indira, la seva mare, havia dit que no. Dansa? Això no era seriós! Havia decidit que la Rajani estudiaria medicina, com ella. La Indira no havia impedit que la filla emplenés el full d'inscripció, confiant que l'Acadèmia Bergström no l'admetria. Pensava que descobrir que no sempre s'obtenia l'objectiu desitjat era una bona lliçó de la vida. De fet, no creia en el talent de la Rajani. Quin greu error! Desesperada, la Rajani havia suplicat al seu pare. Però l'Iqbal Shankar no gosava mai contradir la seva dona. La Rajani va palpar al fons de la seva bossa de mà. Sí, hi havia el petit mico de peluix que li havia regalat la Karisma, la seva estimada àvia, abans d'anar-se'n. L'àvia s'havia enfurismat en saber que la Indira no deixava marxar la Rajani.

Miracle! La Indira havia acabat cedint!

Com a únic missatge d'ànims, ja que malgrat tot tenia l'última paraula, la Indira havia declarat que la seva filla no aguantaria ni tres mesos i tornaria a casa plorant.

## Capítol 1

La Rajani s'havia fet el propòsit de contradir-la. Va ressonar un xiulet. Una dona jove en texans, d'aspecte simpàtic, va demanar silenci.

–Bon dia a tothom! –va cridar–. Aquí ningú no em diu senyora. Sóc Miss Daisy per a tothom! Sóc l'ajudant del senyor Meyer, el director. Quan tingueu un problema, primer m'haureu de venir a veure a mi. Us recordo que cada habitació és per a dos alumnes. Sé que els nous encara no heu tingut gaire temps de conèixer els altres alumnes, però us aconsello que trieu un company d'habitació ràpidament. Si no, decidiré jo! Au, va! Aprofiteu aquesta estoneta per parlar entre vosaltres!

La Rajani va sentir com un atac de pànic. Havia oblidat completament que havia de compartir habitació! A l'autocar no havia tingut sort, havia estat envoltada de nois que no li havien adreçat la paraula. Va observar el grup de noies. Aquelles? Eren sens dubte les de segon. Aquelles altres? Uf, quina pinta d'harpies i, de tota manera, ja estaven juntes. La mirada de la Rajani es va fixar en... una maleta. Hi havia enganxades grans etiquetes de colors on es podia llegir: Kyoto, Júpiter, París, Antàrtida, Tombouctou, E.T. Casa, Moscou i Mumbai, una important ciutat de l'Índia, antigament anomenada Bom. Un «oooh» de sorpresa va sortir dels llavis de la Rajani. El cel li enviava un senyal!

La Rajani va superar la timidesa i es va acostar a una japonesa d'aspecte força excèntric. Va ajuntar els palmells de les mans i es va inclinar lleugerament.

–*Namasté*[1] –va dir–. Em dic Rajani Shankar i aquí...

1. *Namasté* (en hindi, una de les llengües parlades a l'Índia): «m'inclino davant teu», fórmula de cortesia que vol dir 'hola, adéu, benvingut'.

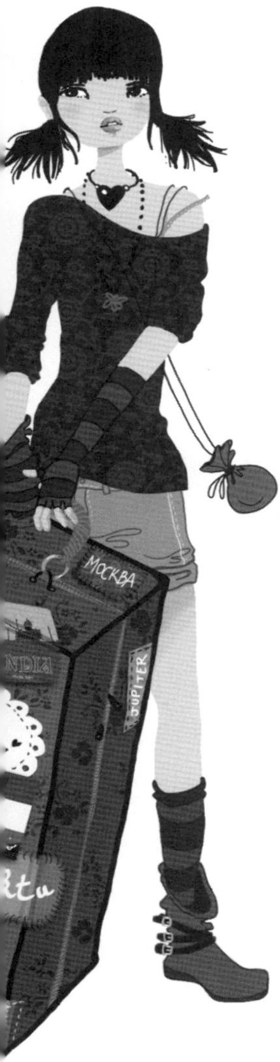


Va assenyalar la maleta.

–És on visc!

–A l'Antàrtida?

–No –va respondre la Rajani una mica desconcertada–. A Mumbai.

–Feia broma! Jo em dic Kumiko Matsuda. Ja tens companya d'habitació?

–No, precisament em preguntava si...

–D'acord! –la va interrompre la Kumiko.

La Rajani se sentia una mica cohibida per les maneres brusques de la japonesa. Va començar a dubtar. I si no s'entenien?

Llavors la Kumiko va pronunciar la fórmula màgica.

–És curiós, oi, que hagi posat Mumbai a la meva

maleta? Hi hauria pogut escriure qualsevol altre lloc! És un senyal!

La Rajani va somriure.

–Jo també ho crec.

***

Al cap d'una estona, la Rajani queia morta al seu llit. El llarg viatge amb avió, la interminable espera a l'estació, l'autocar, l'excitació, tot plegat l'havia deixat baldada. La Kumiko, en canvi, semblava infatigable. Ja havia endreçat les seves coses a l'armari i havia deixat a la prestatgeria piles de còmics manga. Ara estava enganxant per tota la paret postals del Japó, fotos antigues, reproduccions de quadres, collages creats per ella i poemes.

–No estàs morta de cansament? –va dir la Rajani.

–He dormit a l'avió.

–Jo estava massa neguitosa. És la primera vegada que surto del meu país, l'Índia. Se'm fa estrany.

## Capítol 1

–Però, on deu ser? –va remugar la Kumiko, que regirava una de les seves bosses.

La Rajani es va incorporar.

–Que has perdut alguna cosa?

Desesperada, la Kumiko va posar la bossa cap per avall i la va sacsejar. Un munt de guants sense dits, mitges, leggings i barrets tous van caure a terra. La Rajani es va posar a riure.

–Déu n'hi do quina col·lecció de roba!

–La necessito! Vull ser estilista per als grans dissenyadors de moda.

–Em pensava que eres aquí per estudiar pintura!

–Sí, aquest és el meu drama –va sospirar la Kumiko–. M'agrada tot! La moda, les pel·lícules d'animació, el dibuix, la fotografia, l'escultura, el manga, la poesia! Em costa triar!

Va deixar anar un crit de victòria. Del munt de roba, en va treure una bola feta de teixits multicolors, que duia cosides amb fils de llana gruixuda dues orelles desmesurades, quatre potes de mides i de colors diferents i una cua de pell d'imitació rosa. La va exhibir amb orgull.

–La vaig fer jo mateixa!

–Sí, ja es veu –va murmurar la Rajani fent una ganyota.

La Kumiko va arrufar les celles.

La Rajani es va afanyar a afegir:

–Molt original! És... un gat? Un ratolí? Ehem, un...

–És Res –va respondre la Kumiko.

La Rajani va fer que sí amb el cap.

–Sí, és ben bé això el que sembla. Res.

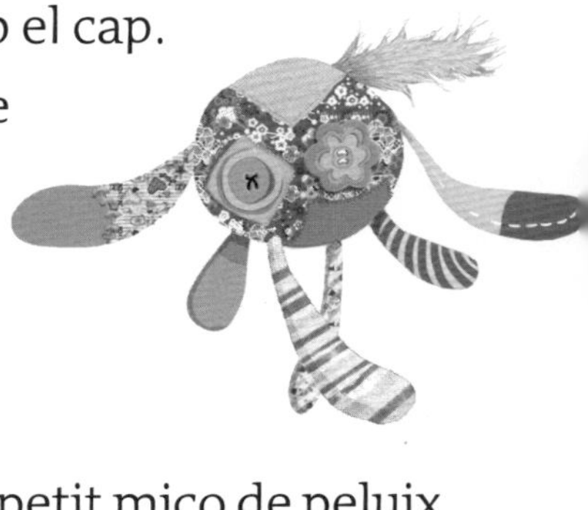

–És el meu nino Res. Queda una mica infantil, però, en fi...

La Rajani li va ensenyar el petit mico de peluix que havia amagat sota el coixí.

–M'encanten els micos! –va exclamar la Kumiko–. Al meu país, al Japó, pensem que fan fugir els mals esperits de les cases!

La Rajani li va respondre que, a l'Índia, el mico representava l'ànima. Li va explicar que la seva àvia Karisma l'hi havia ofert abans d'anar-se'n.

–L'àvia Karisma em va dir: si estàs trista o si et trobes sola, escolta l'Atman i recorda qui ets realment. Atman vol dir 'ànima'. És el nom que he triat per al mico.

–Espera! Hem d'immortalitzar aquest moment! –va declarar la Kumiko–. El nostre primer dia a l'escola! I no sé on he deixat la meva càmera... Com pot ser! Si l'he vista fa un moment...

–A la teva prestatgeria!

La Kumiko va col·locar la càmera sobre una cadira i va proposar a la Rajani de seure per terra. Es va estar una estona enfocant. Llavors va activar el disparador automàtic i es va afanyar a instal·lar-se al costat de la Rajani.

–Fes-me lloc, fes-me lloc! Ràpid!

Clic. La foto ja estava feta. Dues noies rialleres amb un mico de peluix d'aspecte alegre i un nino Res que somreia amb les orelles perquè no tenia boca.

## Capítol 2
## Dues noies més...

Els avions no aterraven tots alhora; alguns alumnes passaven una nit en un alberg de joventut prop de l'estació d'autocars. Se n'encarregava la senyora Beckett, la professora d'anglès de l'Acadèmia. La senyora Beckett feia molt bé el paper de policia: prohibit passejar-se pels passadissos, prohibit sortir al pati, prohibit que els nois vagin a les habitacions de les noies i, sobretot, prohibit empipar-la!

Arraulida al seu llit, la Inés es va fregar les par-

pelles inflades. Plorava d'ençà que havia deixat anar la mà de la mare a l'aeroport de Sevilla. I no seria aquella professora qui li oferiria consol. La Inés se sentia perduda enmig de les grans adolescents de tercer. Eren amables, però tenien millors coses a fer que eixugar les llàgrimes d'una neneta. Xerraven entre elles, contentes d'explicar-se les vacances i les seves històries d'amor. La Inés va agafar el seu MP3 de la motxilla. Una mica de música segurament l'ajudaria a aixecar la moral.

La Inés es va girar quan es va obrir la porta. Va aparèixer la senyora Beckett, seguida per una noia que treia la llengua arrossegant una enorme maleta amb rodetes.

–Abaixeu una mica el volum, senyoretes! –va cridar la senyora Beckett–. Se us sent a quilòmetres de distància! Bé, com et deies tu? Ah, sí, Naïma. Doncs, ja et pots instal·lar. Queda un lloc allà al racó. El sopar és a les set, senyoretes! No toleraré cap retard!

La senyora Beckett va sortir per renyar algú altre. La Inés observava la Naïma amb interès. Semblava tenir la mateixa edat que ella.

–Hola –va dir la Inés entre dos sanglots–. Hic! Perdó.

La cara de la Naïma es va il·luminar amb un somriure meravellós. I llavors es va produir un fet estrany. En van tenir prou amb una sola mirada per fer-se amigues. Com si es coneguessin des de sempre! Tot i així, no s'assemblaven gens, la petita andalusa tímida i l'americana desimbolta.

La Naïma va seure amb naturalitat al costat de la Inés.

–Buf! Estic rebentada! Però l'avió ha sigut genial! He vist dues pel·lícules! Dues! I he menjat tres àpats! Tres! I el berenar! Que bons, els pastissos! El més al·lucinant és estar per damunt dels núvols i seguir el sol!

–Jo he tingut por tota l'estona –va respondre la Inés–. I també he vomitat. I després he plorat.

–Que no havies agafat mai un avió?

La Inés va fer que no amb el cap.

–Jo tampoc! Però feia anys que me'n moria de ganes! Tot i que em pensava que la primera vegada seria per anar a l'Àfrica. La meva mare és del Benín. M'agradaria molt descobrir el país dels meus avantpassats! Un dia hi aniré... quan sigui rica i famosa!

–Si t'ha escollit l'Acadèmia, hic!, és perquè tens

talent –va remarcar la Inés–. És un bon començament, no?

–Oi tant! Espero convertir-me en la millor pallassa del món! O acròbata, o malabarista... funàmbula, domadora d'elefants! O de puces... Artista de circ, en definitiva! I tu? Espera, no m'ho diguis! Jo, forrrrrrrmidable vident superrrrrrrlúcida... –La Naïma va fer veure que es concentrava–. Veig, sí, veig... unes línies... uns punts negrrrrrres... Eh? Què és això? Notes musicals! Tu, grrrrrrrran amant de la música! Ets cantant!

La Inés es va quedar bocabadada.

La Naïma es va petar de riure.

–Podria fer un número de mèdium, oi?

–Com, hic!, com ho has fet? –va balbucejar la Inés.

La Naïma va assenyalar amb el dit diversos objectes.

–Lector d'MP3, pastilles de mel per a la gola i...

la teva guitarra, ximpleta! No és gaire difícil endevinar que la teva passió és la música!

Una de les alumnes de tercer les va anar a trobar per anunciar que era hora de baixar a sopar. La Naïma se'n va alegrar. Encara tenia gana.

## Capítol 3
# ...i una noia perduda a l'aeroport

Un crit de ràbia va ressonar al vestíbul de l'aeroport de Bangkok, a Tailàndia. Tothom es va girar. Davant del tauler on acabaven d'aparèixer una llarga sèrie de vols «amb retard», una noia rossa tenia una crisi de nervis. L'hostessa que tenia al costat li va posar la mà a l'espatlla.

–Ja t'ho havia dit, Alexa, no valia la pena esperar que ho anunciessin.

–Encara tenia alguna esperança... No pot ser! És

el dia més important de la meva vida i no arribaré a temps! Em vull morir!

–Au va, no n'hi ha per a tant. És un contratemps justificat, estic segura que a la teva nova escola ho entendran.

–Per què? Per què m'ha de passar a mi? –va gemegar l'Alexa.

–No has tingut sort –va admetre l'hostessa–. Però no t'hi amoïnis, m'he informat al servei de meteorologia i pensen que la tempesta haurà passat d'aquí a sis o set hores.

–Set hores! –va repetir l'Alexa–. Això és un malson!

–És inútil que et quedis plantada aquí. Vine, tenim una habitació reservada per als menors no acompanyats. Hi estaràs bé i et tractarem com si fossis la reina d'Anglaterra! Que et ve de gust menjar alguna cosa calenta? O t'estimes més descansar? Et podem posar una pel·lícula també. Què vols?

## Capítol 3

–Tornar a Austràlia –va replicar l'Alexa, molt abatuda.

L'hostessa li va agafar delicadament el braç i la va conduir a una zona prohibida als passatgers. Li van servir un sopar deliciós que ella no va saber valorar prou.

–Necessito una carícia per remuntar la moral. Però no pateixi, tinc el que cal!

L'Alexa va regirar la seva motxilla. En va treure un peluix rosa, un cavall alat.

–És teu? Com es diu?

–Sí. Es diu Coconut.[2] Olori.

L'Alexa va enganxar el peluix al nas de l'hostessa, que va recular fent una ganyota.

–Sí –va dir l'Alexa–. Fa pudor. Quan jo era petita, la meva mare sempre em perseguia per posar-me crema solar. El sol és perillós al meu país. Llavors

2. Coconut (en anglès): coco.

vaig pensar que el meu pobre cavall de pell rosada podia patir una insolació! Vaig buidar tots els meus tubs de crema amb essències de coco al lavabo i hi vaig submergir el Pegàs. La mare el va haver de rentar cent vegades, però no hi havia res a fer. D'ençà d'aquell dia, fa pudor de coco! Per això li vaig canviar el nom.

L'hostessa va trobar que la història era molt divertida.

L'Alexa va abraçar en Coconut ben fort.

–I si no hi ha ningú que m'aculli quan arribi? –va exclamar tot d'una.

–Per a aquests casos s'ha inventat el telèfon –va respondre l'hostessa–. Avisarem els pares.

–Oh, no, el meus pares no, si us plau! Al pare li feia molta por que jo marxés sola amb avió. Si sap que hi ha una tempesta, és capaç de venir-me a buscar amb el *River Princess*!

L'Alexa va explicar que el seu pare era el capità d'un vaixell, el *River Princess*, que navegava pel riu Adelaide, a Austràlia. Hi portava turistes que volien veure com saltaven els cocodrils marins. Sí, ho havia dit bé: com saltaven! Es tractava d'una especialitat australiana que consistia a atreure els cocodrils amb trossos de carn i obligar-los a propulsar-se amb la cua per atrapar-los!

–I quan un monstre de cinc metres surt disparat de l'aigua, li asseguro que se't glaça la sang! –va afegir l'Alexa.

–M'ho crec. Bé, doncs, tens el telèfon de l'escola?

L'Alexa va fer que sí. Va agafar un arxivador de la motxilla i va ensenyar els fulls acuradament classificats en fundes de plàstic.

–Això ho ha fet la meva mare –va dir, rient–. Ho ha previst tot! Una pàgina per a cada circumstància! Miri: indigestió, al·lèrgies, mals de cap, etc. I aquí, telèfons de contacte, l'hospital més proper a l'Acadèmia, no és broma, tot això hi és... Fins i tot hi ha les consignes que cal seguir en cas d'incendi! Però no hi ha res sobre els pobres viatgers atrapats a Bangkok.

–Són la teva família els de les fotos? –va preguntar l'hostessa.

–Sí, el meu pare, la meva mare i el meu germà. I aquest és el meu cavall, el Belize. És el que més enyoraré... Aquí té el número de l'escola.

L'hostessa va consultar el rellotge i va fer un càlcul ràpid.

–Despertaré algú a aquesta hora! –va observar–. Amb la diferència horària, allà és de nit. Ara torno.

Mentre esperava, per distreure's, l'Alexa va gargotejar figures de caps a la coberta del seu arxivador. Va somriure admirant la seva obra. Qui és l'espavilat que entén el significat del seu dibuix?

L'hostessa va tornar. Havia parlat amb el director de l'Acadèmia. Cap problema. La seva ajudant aniria a buscar l'Alexa a l'aeroport. Per desgràcia, també hi havia una mala notícia. El vent canviava de direcció. No es podria enlairar cap avió almenys abans de les deu.

L'Alexa es va escarxofar al sofà i va sospirar. Llavors es va asseure bé. No! No era propi d'ella desanimar-se davant de la primera dificultat! Ella, que havia escrit en grans lletres sobre la seva taula:

«Canvia el que pots canviar.

Accepta el que no pots canviar.»

I quan no es pot, no es pot. I punt.

## Capítol 4
## Benvinguts a l'Acadèmia!

La Inés i la Naïma havien dormit poc a l'alberg de joventut. Havien estat xerrant fins que les altres companyes de l'habitació els havien demanat que callessin. Amb prou feines es coneixien, no tenien res en comú i, tot i així, se sentien com germanes. La veu de la Inés era una melodia dolça que la Naïma trobava encisadora, sobretot quan parlava de les cases blanques d'Andalusia on es reflectia el sol ardent, de les taronges amb gust de mel, dels ases amb les seves borles multicolors, de les fonts als jardins dels palaus! Per a la Naïma, que vivia a Nova York, Andalusia semblava un conte de fades. I pel que fa a la Inés, es divertia molt amb les històries de família que li explicava la seva nova amiga. La Naïma tenia quatre germans més petits, autèntics mestres en tota mena de ximpleries. L'Erzulie, la seva mare, reia més que no els renyava i els deia «dimoniets». «Dimoniets, a taula! Dimoniets, a la dutxa!». Quan finalment van agafar el son, la Inés i la Naïma tenien el cor lleuger i el somriure als llavis.

El seu autocar era l'últim d'arribar a l'Acadèmia. La Naïma va fer uns ulls com unes taronges. No havia vist mai un lloc així!

–Viuré en un castell... –va murmurar.

Miss Daisy es va presentar. Va demanar silenci. Els alumnes que ja havien arribat encara dormien. Tothom estava cansat. Les classes no començarien fins l'endemà perquè tots els alumnes tinguessin

temps de recuperar-se. A la Naïma li costava controlar l'entusiasme. Ho trobava tot una meravella, fins i tot les rajoles. I era tan... immens! L'habitació li va provocar tanta excitació que a la Inés li va fer por que tingués un atac de cor.

–No ho entens! –va explicar la Naïma–. No he tingut mai una habitació per a mi! Dormo al sofà del menjador! Aquí tinc un llit de debò! Una taula! I això...

La sorpresa la va deixar sense paraules. Acabava d'obrir una porta que havia confós amb un armari.

–És un lavabo –va observar la Inés.

–Només per a nosaltres dues? –va preguntar la Naïma, incrèdula.

–Però, que no has llegit el dossier d'admissió?

–Sí. No. En fi, la part on parlava de l'internat no. Tant me feia! Només m'interessava el que venia a aprendre a aquí!

La Naïma es va deixar caure sobre una cadira.

I de cop i volta va esclatar a riure.

–Xst! –va fer la Inés–. Miss Daisy ens ha dit que no féssim soroll.

–Tinc ganes d'anar a passejar pel parc. Fa un temps esplèndid!

–Tenim permís per sortir?

–Això no és pas una presó! A més, hi havia unes noies estirades a la gespa. No t'hi has fixat?

–No. Però primer hem de desfer la maleta.

Cosa que, en la mentalitat de la Naïma, consistia a abocar tota la roba a l'armari de qualsevol manera. Es va fregar les mans, com per dir «ja està», i es va girar. Es va quedar bocabadada. La Inés desplegava les seves peces de roba i les tornava a plegar abans de posar-les delicadament als prestatges. A aquell ritme, s'hi podia estar hores! La Naïma va veure un objecte al fons de la maleta acuradament embolicat amb un tovalló.

–Què és això?

–És la meva nina –va respondre la Inés–. Atenció, no és cap joguina!

La Naïma va fer un crit d'admiració quan la Inés va desembolicar el tovalló. La nina portava un conjunt folklòric, un llarg vestit vermell guarnit amb volants, un xal brodat a les espatlles i les indispensables castanyoles. Tenia una gran flor blanca clavada al monyo.

–Els pics a la roba es diuen *lunares*. A Andalusia, les dones es vesteixen així. Bé, de fet, només durant les festes... o per ballar flamenc!

La Inés es va posar trista. El seu pare li havia regalat la nina quan era petita. I uns mesos més tard, se n'havia anat de casa. Des llavors, no el veia gaire.

–Així tinc un trosset del meu país amb mi... –va dir.

–No et posaràs a plorar, ara, oi? –es va inquietar la Naïma.

La Inés va fer que no amb el cap. No, no! Cap més llàgrima, ho prometo!

–I tu? Has portat alguna cosa de Nova York?

–Sí, ho vols veure?

–Oi tant! Ensenya-m'ho!

La Naïma va regirar l'armari i en va treure un mitjó llarg de ratlles roses i verdes. La Inés va fer cara d'interrogant aixecant una cella.

–La senyora Mitjó –va anunciar la Naïma solemnement–. La seva germana bessona va patir un tràgic accident de rentadora. Es va trobar per error en un programa per a roba blanca amb aigua molt calenta. Es va encongir i va quedar tota deformada... A la mare li va fer molta gràcia, hi havia taques de color per tots els llençols. M'encantaven els meus mitjons grans i em va saber molt de greu. Llavors se'm va acudir conservar el supervivent i convertir-lo en el meu confident!

La Naïma es va posar el mitjó al braç. Hi va fer passar els dits a la punta i el polze al taló. Va adoptar una veu aguda.

–Hola! Sóc la senyora Mitjó i conec tots els secrets de la Naïma! Tu també vols ser la meva amiga?

–Sí! Mous molt bé els dits, sembla que parli!

–Com és que plegues la roba? –va preguntar la senyora Mitjó–. Quina ximpleria!

–Què dius! No et passis! –va protestar la Inés.

–Jo sempre dic la veritat, agradi o no!

La Inés va intentar fer un posat d'enfadada, però la senyora Mitjó era massa graciosa. Va fer un bot quan va sonar un timbre al passadís.

–Què passa?–es va sobresaltar la Inés.

–És l'hora de dinar! –va exclamar la Naïma–. Genial! Em moro de gana!

***

Al menjador, la Naïma va posar un iogurt i un bol d'amanida de fruita sobre la safata i va mirar al seu voltant. La Inés, indecisa, dubtava entre una poma i formatge.

–Allà hi ha lloc –va indicar la Naïma–. Vine quan t'hagis decidit.

En travessar la sala, va observar els altres alumnes. Va pescar de passada fragments de conversa:

–D'on véns? Hauria hagut d'agafar patates... Com t'han anat les vacances?

La Naïma es va aturar davant d'una taula on

s'havien instal·lat tres noies. Una d'elles, una rossa d'ulls maquillats, la va examinar de cap a peus.

–No està lliure.

–Ah, no? Bé, no hi fa res! –va respondre la Naïma.

Va girar cua i va buscar un altre lloc. No prou de pressa per no sentir els comentaris que es van fer a la seva esquena.

–Per què has dit això, Ruby? No esperem ningú!

–Has vist com va vestida, Michelle?

–Pel que veig, aquí hi deixen entrar qualsevol! No creieu, noies?

La Naïma es va mossegar els llavis. Es va controlar i va mantenir la calma, per una vegada. No volia ficar-se en problemes per culpa d'una harpia que no s'ho valia. Es va dirigir cap a una altra taula on només hi havia dos nois que semblaven passar-s'ho bé. El més jove es va aixecar de cop, es va in-clinar solemnement i va enretirar una cadira buida.

–Senyoreta, és un honor per a nosaltres! I... oh... va amb tu la princesa d'ulls verds?

La Inés, que acabava d'arribar, es va posar vermella com un tomàquet.

–Mickael! L'estàs incomodant! No li feu cas. Hola, em dic Johannis. I, modèstia a part, sóc un geni.

–Només en mates! –va afegir en Mickael–. Per a la resta de coses, és un negat.

–Això ho diu el bufó que només sap comptar fins a tres –va replicar en Johannis.

–De què em serviria un quatre o un cinc? Sóc un mag i només necessito un, dos, tres, abracadabra!

–Un mag? De debò? –va preguntar la Naïma, enriolada.

–Oi tant! I per això em cal una assistent. A la princesa li agradaria que la lligués, la tanqués en una caixa i la serrés?

–No, gràcies –va respondre la Inés.

El bon humor va ser ben viu durant tot el dinar.

# Capítol 4

En Mickael i en Johannis es burxaven tota l'estona, però era evident que eren molt bons amics. La Naïma es divertia d'allò més amb ells, i la Inés s'acontentava d'escoltar, però també reia de tant en tant.

Miss Daisy va aparèixer al menjador, amb el seu inseparable xiulet. Al seu costat hi havia un home de cabells grisos guiat per un gos pigall, un labrador negre magnífic. L'home era cec. Tot d'una es va fer un silenci absolut.

–Bon dia! Sóc el senyor Meyer, el vostre director. No patiu, no tinc la intenció d'avorrir-vos amb un discurs llarg. Només us vull parlar d'algú molt important: en Frederick Bergström. Va néixer a Suècia el 1926, en una família de pagesos pobres. Resulta que en Frederick tenia un do increïble...

El senyor Meyer va fer una lleugera pausa i va somriure.

–Un do per als negocis! Es va fer molt ric! En comptes de comprar-se cases, cotxes o avions, va crear una fundació. Va enviar gent de tot el món a la recerca d'estudiants excel·lents. De nois i noies com vosaltres. I per això heu estat escollits entre milers de candidats! No és una qüestió de sort. Només deveu la vostra presència aquí al vostre treball, a la vostra determinació i al vostre talent.

Va interrompre el discurs uns segons i va afegir:

–Benvinguts a l'Acadèmia Internacional Bergström!

## Capítol 5
## Professors molt diferents

Per deixar descansar els alumnes, les classes no començaven pròpiament fins l'endemà. Però, en canvi, els van presentar immediatament el cap d'estudis. Així, la Kumiko va conèixer el mestre Wang, un famós pintor xinès que havia decidit dedicar la seva vida a formar futurs artistes. El mestre Wang era un senyor de setanta anys, exquisidament educat i sempre de bon humor. Anomenava els nois «els seus deixebles» i els tractava amb molt de respecte. Contràriament als altres professors, el mestre Wang no va fer treballar de seguida els seus alumnes. Els va oferir una tassa de xocolata i pastetes.

–*Jianke ru weike, qinren hai ziqing* –va dir el mestre Wang–. Acull un invitat com si fossis tu mateix; menyspreant l'altre, et menysprees tu mateix.

Així, doncs, tot gaudint d'un berenar, la Kumiko va rebre la primera classe sense ser-ne conscient. I és que, al llarg d'una conversa amistosa, el mestre Wang va empènyer a poc a poc els seus deixebles a mirar cada cosa, fins la més corrent, com si fos digna del seu interès. Una petita fulla de bambú pintada amb un gest viu es convertia en una obra d'art. Una formigueta minúscula dibuixada amb llapis es transformava en una declaració d'amor a tota la natura. El cim d'una muntanya emergint per damunt dels núvols era la poesia del món contemplada en un simple full de paper d'arròs.

## Capítol 5

A la Kumiko, en sortir de la sala d'estudi, li brillaven els ulls. Estava impacient per retrobar-se amb la Rajani i parlar-li d'aquell home extraordinari. Pel que fa a la seva amiga, vivia una experiència ben diferent...

La senyora Jensen havia sigut la ballarina estrella del Ballet Reial danès. Sota una tendresa aparent, la senyora Jensen era dura. Havia proposat als seus alumnes nous que ballessin el que volguessin. Un dels dos nois de la classe s'havia posat a ballar un rock acrobàtic que havia deixat la senyora Jensen perplexa, si més no. Amb tot, va apreciar l'entusiasme i el sentit del ritme.

Tot seguit es va plantar a l'escenari la Ruby Prentice amb un tutú exquisit i el seu monyo impecable subjectat amb agulles daurades. La senyora Jensen va fer una ganyota. Se suposava que no s'havia de dur cap vestit de dansa durant la classe! La Ruby va posar el seu CD al lector. La Rajani va reconèixer *El llac dels cignes* de Txaikovski. La Ruby tenia prou nassos per gosar exhibir-se amb un ballet ben difícil! Des dels primers passos, va quedar palès que la Ruby estava més que dotada.

La Rajani es va sentir miserable. Ella mai no sabria ballar així. Discretament va observar la senyora Jensen, que movia el cap de tant en tant en senyal d'aprovació. La Rajani va sospirar. Tenia molt camí per recórrer abans d'arribar a l'altura de la Ruby!

–Gràcies, miss Prentice –va dir la senyora Jensen al final de l'actuació–. Una tècnica excel·lent. Un remarcable encadenament de passos sense sotragades, sense errors... Realment perfecte.

La Ruby va mostrar un somriure satisfet. Estava acostumada a rebre elogis. No era gens estrany, era la millor! Llavors la professora va emetre el veredicte.

–Però no m'agrada.

La Rajani va mirar estupefacta la senyora Jensen.

El somriure de la Ruby es va trencar.

–Que... què? –va balbucejar.

–Oh, està molt bé posseir una bona tècnica. És fins i tot indispensable... El problema és que no és això, miss Prentice. Vostè ha triat la mort del cigne. Què pensa que volia expressar el coreògraf?

La Ruby va arronsar lleugerament les espatlles.

–Doncs... senzillament, la seva mort.

La senyora Jensen va fer la pregunta als altres alumnes. Com que ningú no deia res, la Rajani va respondre.

–El dolor. La princesa cigne mor de tristor perquè ha perdut el seu estimat.

–Gràcies, miss Shankar. Heu llegit el patiment

al rostre del cigne? Jo no. Us ha emocionat la infinita tristesa de cadascun dels seus gestos? A mi no. I amb raó. No hi havia cap sentiment en tota aquesta perfecció, miss Prentice. No només compta el cos. Vull veure la vostra ànima!

La senyora Jensen es va girar cap a la Rajani i li va demanar que es preparés. No era fàcil després

d'una lliçó com aquella! La Rajani havia triat el gènere en què se sentia més còmoda, el *bharata-natyam*, una de les danses tradicionals índies.

Portada per la dolça melodia del *sitar*,[3] va encadenar les figures d'uns passos increïblement elaborats, amb una gran flexibilitat i alhora amb vigor. Quan dansava, la Rajani desconnectava de la realitat i entrava en el món de les llegendes del seu país. Amb el moviment graciós de les mans, explicava una història, la de Nala i la seva dona Damayanti. Nala, embruixat per Hali, el geni del mal, viu errant pels boscos... Damayanti, desesperada, es refugia al palau del seu pare... Mentre el sol es pon, s'alça un cant al jardí. «Ocells del vespre i vosaltres, estels, reconforteu l'ànima afligida que se'n va tota sola, trista, enamorada, i cerca en va el seu estimat...»

Damayanti s'adona que qui canta és Nala, corre a abraçar-lo i es trenca l'encanteri.

La Rajani va encreuar els braços. Un silenci impressionant es va imposar a la sala. Tothom,

3. *Sitar*: instrument de corda indi que s'assembla una mica a una guitarra.

fins i tot la Ruby, s'havia sentit transportat durant uns instants.

La senyora Jensen es va escurar la gola.

–Això és el que volia veure –va dir–. És això l'ànima!

Mentrestant, la Inés rebia la seva primera classe de cant. La Signora Bianca Della Torre no corresponia gens a la idea que un es feia d'una cantant d'òpera.

Era escanyolida. Però, quan cantava les grans àries d'òpera, les parets tremolaven. I en aquell moment precís, eren els alumnes els que tremolaven... La Signora va recolzar el seu puny entre els omòplats de la Inés.

–Posa't ben recta! Tornem-hi!

El pianista va fer que sí amb el cap i va tocar un seguit d'acords. La Inés va tornar a començar el dur exercici de les vocalitzacions. Novament, la Signora Della Torre la va interrompre.

–El mentó aixecat! Els braços al llarg del cos!

Ja al caire d'un atac de pànic, la Inés es va empassar la saliva per l'altre forat i va estossegar. La professora va picar amb impaciència sobre la tapa del piano. Vermella com un tomàquet fins a les orelles, la Inés es va llançar i va pujar fins al contra do.

–Respira amb el ventre! Aquí!

La Signora va posar el palmell ben pla a les costelles de la Inés.

–Vull sentir com s'infla el ventre! Au, va!

Un gall. Una nota falsa. Aclaparada, la Inés va buscar el reconfort en la mirada de l'amable pianista, que va inclinar el cap, una mica contrariat.

–Tornem-hi? –va preguntar ell.

## Capítol 5

—No podem perdre més temps —va respondre la Signora—. Següent!

La Inés va lluitar per no posar-se a plorar. No es va adonar que els seus companys també rebien de valent. Va pensar que aquella dona era odiosa, cruel! S'equivocava. La Signora Della Torre senzillament tenia un mètode particular d'ensenyar. Aquells nois estaven dotats i, desgraciadament, ho sabien. Arribaven convençuts que no hi havia res a aprendre. S'imaginaven ja convertits en estrelles mediàtiques! Però, en realitat, el seu talent estava fet malbé pels mals hàbits, les manies ridícules i molta insolència. Amb un bon cop d'escombra, la Bianca feia neteja i els espolsava les il·lusions. Es presentarien a la classe següent havent entès que eren allà per treballar. I descobririen que la Signora no era cap ogressa disposada a devorar-los. De moment, però, la Inés ho ignorava. Va deixar la classe completament trasbalsada.

Es va perdre pels passadissos. Quan, finalment, va trobar les escales, va ser incapaç de baixar-les de tant que li tremolaven les cames. Llavors va seure al primer esglaó. Necessitava la Naïma. Es va aferrar als barrots de la barana, es va tornar a posar dreta i va anar a la recerca de la seva amiga. Els alumnes, una mica excitats, sortien de les aules clavant-se empentes. La Inés no reconeixia ningú i no hi havia cap rastre de la Naïma. Perquè no era a l'edifici.

Es trobava darrere de l'escola, on hi havia un envelat. Un autèntic circ! La Naïma estava radiant d'alegria. Una pista circular, unes grades, uns trapezis! Era increïble.

–Quina passada! –va exclamar en Mickael examinant el material–. Un bagul de les Índies! El coneixes? És un clàssic.

–Hi ha un doble fons –va respondre la Naïma–. Massa fàcil!

## Capítol 5

–És la manipulació i la posada en escena el que saben fer els grans mags!

En Mickael va agafar tres boles de la caixa d'accessoris i va fer malabars. En va fer desaparèixer una.

–No està malament! On l'has amagada?

La bola va reaparèixer entre el dit del mig i l'índex del noi. La Naïma va aplaudir. En Mickael era molt hàbil. Algú va córrer les cortines vermelles que tancaven els bastidors. La Naïma va esbatanar els ulls. Un home va avançar cap al centre de la pista amb un lloro gris del Gabon a l'espatlla.

–Hola! Sóc el senyor Tremblay.

–Hola! Sóc el Bob! –va deixar anar el lloro.

Els nois van esclatar a riure. El Bob els mirava amb un posat sever.

–Ei, hola, em dic Mickael.

–Mickael –va repetir el Bob–. Maco!

A partir d'aquí, cadascú va intentar que el lloro digués el seu nom. Però el Bob no estava disposat a seguir el joc. El senyor Tremblay va posar fi al xivarri i va demanar-los, un per un, quina era la seva especialitat. Llavors va explicar que era important ser un artista complet. Encara que un volgués ser pallasso, havia d'aprendre a caminar sobre una corda. Un prestidigitador acròbata seria un exemple d'originalitat. Etcètera.

–Al circ, no és habitual adreçar-se al públic. Per això la meva primera classe se centrarà en el mim. Heu de saber expressar-vos sense paraules. I el vostre públic és el Bob! Espavileu-vos perquè entengui que voleu que entri al bagul de les Índies! Atenció! Prohibit cridar-lo pel seu nom o dir ni una paraula!

L'exercici va resultar impossible de dur a terme. Per més que gesticulessin, assenyalessin el bagul amb el dit, obrissin i tanquessin la tapa, fessin ganyotes, el Bob no movia ni una ploma.

–No es pot! –es va queixar la Naïma.

El senyor Tremblay va fer un somriure divertit. Va deixar el Bob al seu pal, va anar fins al bagul, va seure a dintre i va estirar el braç.

Immediatament el lloro va volar cap a ell.

–*Voilà*! El Bob ja és dins!

–Això és trampa! –va protestar un dels alumnes.

–No –va respondre el senyor Tremblay–. És una demostració del que us deia abans. Heu pensat que jo faria el mim i heu assistit a un número d'ensinistrament! El cas és que he fet les dues coses alhora! Sorprendre els espectadors és guanyar el seu cor.

–Mickael, guapo! –va cridar el Bob.

–Ah! –va dir el senyor Tremblay–. Tinc la impressió que el Bob ha decidit fer un nou amic.

En Mickael va exhibir un somriure d'orella a orella. Li encantaria tenir un lloro per company!

## Capítol 6
# Enemigues

La Inés es va deixar caure en un dels bancs del vestíbul de l'escola. No era capaç de retenir les llàgrimes. Els alumnes passaven per davant seu sense fer-li gens de cas.

–Inés? Què tens?

La Naïma havia vist la seva amiga en travessar la porta. La noieta espanyola va estirar els braços cap a ella. Va sanglotar amb un nus a la gola.

–Què passa? –es va neguitejar la Naïma–. Què ha passat?

## Capítol 6

–Mm, mm, me'n vull tornar a casa... mm!

–I ara! Per què?

–Mm, la meva profe, mm, és horrorosa! Mm, mm, un monstre!

La Naïma va seure al seu costat i la va abraçar.

–Segur que no n'hi ha per a tant.

–Que sí! Vull, mm, la meva... mm, MAMAAA!

El crit va esquinçar l'aire, just en el moment en què la Ruby i les seves dues companyes, la Michelle i la Jennifer, baixaven les escales. La Ruby es va aturar en sec al bell mig del vestíbul. Segurament, si no s'hagués sentit tan humiliada per la senyora Jensen, hauria passat de llarg. Necessitava fer-ho pagar a algú. Qui millor que una noieta plorant?

–Mama, mama! –se'n va burlar.

La Ruby tenia un gran talent teatral. Feia veure que somicava, ensumava sorollosament i bramava «mama» en un to tràgic. La seva imitació va desfermar rialles entre els alumnes. Com que no n'hi

havia prou, va afegir més llenya al foc.

–Oh, la neneta, pobreta, que crida la mama, mamaaa!

Humiliada, la Inés encara va plorar amb més desesperació. La Naïma es va aixecar d'una revolada. Havia reconegut l'harpia del menjador. Aquest cop no es pensava arronsar! Es va plantar davant la Ruby.

–Escolta, maca, t'aconsello que callis una mica! –va dir.

–Ui, sí, quina por! –va bromejar la Ruby–. Un espantall que parla! Ai, no... És una noia vestida com un espantall!

## Capítol 6

Es va avançar un pas per demostrar-li que no l'havia impressionada.

–Llengua verinosa! –va deixar anar la Naïma empenyent-la violentament.

La Ruby va perdre el control i va intentar pegar-li. La Naïma es va apartar amb gran agilitat i el puny rabiós va fallar el seu objectiu.

–Vigila! –va avisar la Michelle–. Que ve la Beckett!

La Ruby va analitzar la situació en una fracció de segon. Davant la sorpresa de la Naïma, es va deixar caure a terra i, agafant-se el tou de la cama, va començar a cridar de dolor.

–Ai, aaaaiii! Quin mal!

La senyora Beckett hi va acudir, esverada per l'espectacle.

–Ruby! Què t'ha passat? Que has relliscat?

–M'ha clavat una puntada de peu! Ai, ai! Quin mal!

La Michelle va assenyalar la Naïma amb un dit acusador.

–Ha sigut ella, senyora!

–No és veritat! –va protestar la Naïma.

–Sí que és veritat! –va replicar la Michelle.

La senyora Beckett es va ajupir per ajudar la Ruby a aixecar-se. Casualitat o no, els altres alumnes havien desaparegut amb l'arribada de la professora. Només s'hi havia quedat la Inés. Es va eixugar les galtes humides i, fent el cor fort, s'hi va acostar.

–Ja no podré ballar més! –va gemegar la Ruby, que feia equilibris sobre una cama–. Ai, ai!

–Porteu la vostra amiga a la infermeria –va ordenar la senyora Beckett–, al fons del passadís. I tu...

Es va girar cap a la Naïma arrufant les celles.

–Al despatx del director!

–Però, jo no... –va balbucejar la Naïma.

–Són elles les mentideres! –va exclamar la Inés assenyalant les tres noies que s'allunyaven.

## Capítol 6

—A mi no m'enganyareu! Au, va, fora! Al director!

La Inés es va aferrar al braç de la professora i va suplicar:

—No, no! Senyora! És culpa meva!

—Tu també vols anar a veure el director? —va preguntar la senyora Beckett amb un posat amenaçador—. Tu no hi tens res a veure. He vist perfectament que eres al banc!

La Naïma va mirar la Inés i va fer que no amb el cap. Insistir-hi només podria complicar les coses. La senyora Beckett creia que sabia la veritat. No s'escoltaria una noieta que gosava pretendre que s'equivocava! Intimidada, la Inés es va quedar quieta. Amb un posat trist, la Naïma va seguir la professora d'anglès. Ja es veia expulsada de l'escola.

***

Mentre la pobra Naïma es dirigia cap al despatx del senyor Meyer, les harpies es feien un fart de riure al passadís. La Michelle es va aturar a uns metres de la infermeria.

–Han d'examinar la Ruby –va dir.

–Però no té res! –va replicar la Jennifer–. La infermera se n'adonarà!

La Ruby es va fixar en la roba de la Michelle, que duia una minifaldilla de tipus kilt escocès.

–Dóna'm l'agulla imperdible grossa que et subjecta la faldilla –va reclamar la Ruby.

La Michelle va obeir. Sense pensar-s'ho dos cops, la Ruby es va clavar l'agulla als pantalons de seda del Vietnam i la va retirar amb un gest sec. El teixit es va esquinçar just per sota del genoll. Mossegant fort, es va esgarrinxar la pell amb la punta de l'agulla fins que van perlejar unes gotes de sang.

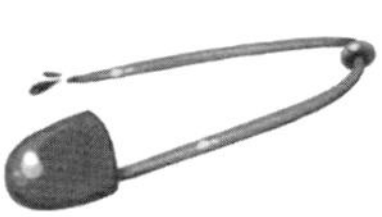

## Capítol 6

–Ja està –va dir–. Ja podem entrar!

La Michelle va fer una ganyota.

–Si la senyora Beckett parla amb la infermera, s'ensumarà que l'hem enganyada.

–No patiu! –va comentar la Ruby en un to burleta–. La senyora Beckett és una babaua. S'empassarà el que sigui!

–Creieu que expulsaran la negreta? –va preguntar la Jennifer.

–Tant de bo! –va respondre la Ruby–. Som-hi, comença la gran escena del segon acte. Subjecteu-me ben fort... Ai, ai! Quin mal!

La Michelle es va aguantar el riure mentre picava a la porta. Les tres còmplices van desaparèixer a la infermeria. Cap d'elles no s'havia adonat que una de les finestres del passadís era oberta. I, asseguda a la gespa sota la finestra, hi havia una noia. Una noia que ho havia sentit tot.

***

No hi havia ningú quan la Naïma i la professora d'anglès van entrar al despatx de l'administració. Miss Daisy havia deixat un missatge al tauler d'anuncis: «He anat a buscar una alumna a l'aeroport». El senyor Meyer tampoc no hi era.

–Deu haver tret a passejar el gos –va suposar la senyora Beckett–. Seu aquí.

La Naïma va obeir. L'espera va ser curta. Un lladruc breu va anunciar el retorn del director. El labrador avisava el seu amo que hi havia una visita. El senyor Meyer el va recompensar amb una carícia.

–Molt bé, Jazz. Qui hi ha?

–Sóc jo, senyor, la Concordia.

La professora va explicar els motius de la seva presència. A la Naïma li bullia la sang. No es va poder estar d'exclamar:

–No ha sigut així!

El director va aixecar la mà.

–Sempre la mateixa cantarella. No he sigut jo, ha sigut l'altra! Sé, per experiència, que sovint les culpes són compartides. Naïma, m'agradaria que reflexionessis sobre la teva pròpia responsabilitat. Estàs segura de ser completament innocent?

La Naïma es va mossegar els llavis.

–L'he escridassada –va admetre–, perquè es burlava de la meva amiga. I potser li he clavat una empenteta... Però ella s'ha deixat caure expressament!

–Au, va! –va replicar rient la senyora Beckett–. Com vols que ens ho creguem! Tu mateixa ho acabes de confessar: l'has empentada, així de clar!

El senyor Meyer va prémer el botó d'un aparell que tenia a la seva taula.

–Extensió 233 –va dir.

Es va sentir una veu per l'aparell.

–Infermeria, digui'm.

–Emma, has atès la Ruby Prentice?

–Aquella fleuma! –va respondre l'Emma rient–. M'ha fet tot un espectacle per una rascadeta de no res!

El director va somriure i li va donar les gràcies. La Naïma va observar la professora d'anglès. Se la veia molt empipada.

–Bé... Sort que és només una esgarrinxada. Tot i així, aquí no podem tolerar cap conducta violenta!

–És veritat –va assentir el senyor Meyer–. Bé, doncs, Naïma, quin càstig creus que et mereixes?

–Jo? Ho haig de dir jo? –va respondre, atònita.

–Sí. Vull que avaluïs tu mateixa la gravetat dels teus actes.

La Naïma va sospirar. Llavors, fent el cor fort, va declarar:

–Mereixo que m'expulsin.

La senyora Beckett va arronsar les espatlles.

–Tampoc no cal fer-ne un gra massa! Proposo que et quedis sense anar a la festa de dissabte. T'estaràs a la teva habitació mentre els altres es diverteixen.

–Em sembla just –va aprovar el senyor Meyer–. Hi estàs d'acord?

–Sí –va exclamar la Naïma.

–L'assumpte ja està resolt, doncs. Gràcies per acompanyar-la, Concordia.

La Naïma no havia conegut mai un director d'escola com aquell. No es podia creure que n'hagués sortit tan ben parada!

***

Trasbalsada per la conversa que acabava de sentir furtivament, la Kumiko va fer la volta a l'edifici a corre-cuita. Qui eren aquelles noies que parlaven al passadís? I quina cosa horrible havien fet? La Kumiko no sabia com, però havia d'actuar! Havia de trobar la Rajani...

Molts alumnes sortien al jardí aprofitant el bon temps. Quan la Kumiko va travessar el llindar de l'entrada, va trobar el vestíbul buit. Si més no això li va semblar en un primer moment. Va girar el cap. Algú plorava. Una silueta fràgil es perfilava a la paret d'un racó fosc. La Kumiko s'hi va atansar.

–Que no et trobes bé? –va voler saber.

La Inés es va empassar les llàgrimes i va preguntar una cosa estranya.

–Creus que el senyor Bergström odia els covards?

–Eh? –va remugar la Kumiko.

## Capítol 6

–No he fet res per ajudar la meva amiga. Bé, no he fet prou... Ho hauria d'haver intentat... Em pots portar al despatx del director?

–Ui, ui! Calma! No ens precipitem! Primer explica'm tota la història!

La Inés va mirar la japonesa i va veure que el seu interès era sincer. I, a més, tenia una pinta simpàtica. Entre dos sanglots, la Inés li va explicar el que havia passat.

–És la veritat, t'ho juro!

–No ho dubto pas. I ara entenc què volia dir el que he sentit fa cinc minuts. Perquè, ves per on, estava asseguda a la gespa i...

Després del breu relat de la Kumiko, la Inés es va sentir millor.

–Acceptaries repetir-ho fil per randa al senyor Meyer?

–Oi tant! –va exclamar la Kumiko–. No suporto ni la injustícia ni la maldat! Au, som-hi!

Li va parar una mà que la Inés va agafar agraïda. Abans de sortir del vestíbul, però, van veure aparèixer la Naïma i la senyora Beckett. La Inés va recular un pas. Li feia por la professora.

–Bé, doncs –va dir la senyora Beckett–, espero que sigui l'última vegada que m'hagi d'ocupar de tu!

–Sí, senyora –va respondre la Naïma–. Gràcies.

Gràcies? La Inés es va quedar bocabadada. I encara la va sorprendre més quan la senyora Beckett va afegir:

–A partir d'ara, controla't. La ràbia és una molt mala consellera.

–Ho tindré present. Ho prometo.

Llavors la Naïma va fer un senyal a la Inés i li va somriure.

## Capítol 7
# Per fi arriba l'Alexa

Miss Daisy va entrar a l'aeroport. Va buscar la foto a la seva carpeta. Va veure l'encantadora rosseta d'ulls blaus, asenyadament asseguda al costat del taulell de la companyia aèria. Miss Daisy estava un pèl sorpresa. S'esperava trobar una noia amb un look esportiu, texans i vambes, i es trobava amb un noia del tipus *fashion victim*,[4] una jaqueta encreuada rosa, grans anelles a les orelles i esmalt d'ungles amb purpurina!

4. *Fashion victim* (en anglès): 'víctima de la moda'.

–Ets l'Alexa? –va preguntar–. Sóc Miss Daisy, de l'Acadèmia Bergström.

En comptes de respondre immediatament, l'Alexa va agafar l'etiqueta que duia al coll i va llegir:

–Menor no acompanyada. Alexa Clark. És el que hi diu.

Llavors es va posar a cridar en direcció a l'hostessa:

–Ei! Vénen a recollir el paquet! S'ha de signar en algun lloc?

–No, no cal! –va respondre l'hostessa.

–Després de traginar-me amunt i avall com un paquet, ja no estic segura de ser humana –va explicar l'Alexa a Miss Daisy.

–Ho entenc. Deus haver passat moments molt durs aquestes últimes hores!

–Bé, de fet, m'ho he passat molt bé a Bangkok. Adéu, Sofia, i gràcies pel cafè amb llet!

L'hostessa li va enviar un petó amb la mà.

# Capítol 7

–Et sents còmoda a tot arreu, oi? –va observar Miss Daisy.

L'Alexa va fer que sí amb el cap.

–No sóc tímida. Parlo amb tothom, allà on sigui. Som-hi?

Miss Daisy la va ajudar a portar les maletes. Al cotxe, l'Alexa va començar a explicar-li l'aventura de Bangkok. Al principi, estava una mica deprimida per haver-se perdut l'inici de l'escola. Es va desencadenar una forta tempesta i era molt impressionant veure la pluja torrencial netejant les pistes.

–Hi ha unes botigues genials en aquell aeroport –va dir la noia–. I la gent és molt amable. Em dec haver engreixat tres quilos. No paraven de donar-me menjar. Sabia que hi ha un lloc on venen bestioles fastigoses?

–Què dius?

–Sí, sí! –va exclamar l'Alexa–. És una passada aquell lloc! Pregadéus gegants, escarabats monstruosos, papallones de la mida d'un corb, aranyes plenes de pèls! El senyor Li, el propietari, és xinès i abans venia les seves bestioles a Singapur. Em va oferir un enorme escorpí negre de Malàisia!

Miss Daisy es va sobresaltar i va mirar pel retrovisor. Hi havia alguna cosa que es movia a les maletes?

–Però tu... no el vas acceptar, oi? –va preguntar.

–Oi tant que sí. És magnífic. Ah... ara ho pesco! No, no pateixi! És mort! És en una capseta de vidre preciosa. La penjaré a la paret.

–Segur que li encantarà a la teva companya d'habitació –va comentar Miss Daisy.

–Qui és? És simpàtica? També munta a cavall?

–Es diu Michelle. Estudia art dramàtic. És una actriu, per entendre'ns. Pel que he vist, teniu si més no un punt en comú. L'apassionen les joies i les samarretes de moda!

–Tindrem un tema de conversa. A vostè li agraden els escorpins?

–No especialment.

–I els rèptils? Visc al costat d'un riu on hi ha sis mil cocodrils! L'any passat, en van trobar un que feia 7,10 metres. Tot un rècord!

–Sort que no l'has portat, no hauria cabut a la teva habitació.

–Els cocodrils no es poden ensinistrar –va dir seriosament l'Alexa–. Però em sap greu haver deixat el Belize a casa.

–És una serp o un ratpenat? –va voler saber Miss Daisy.

–És el meu cavall! –va respondre l'Alexa rient–. També tinc un gos, quatre gats, dues cabres, vuit conills, una tortuga, vint-i-cinc peixos tropicals, no, vint-i-quatre, n'hi ha un que se'l van cruspir entre els altres, i una colla de ualabis.[5] Aquests, però, no els vam convidar, són uns ocupes del jardí.

–Tu no calles mai?

–Sí, quan dormo.

***

En aquell mateix moment, la Rajani posava els dits sobre el front de la Inés i li feia un massatge del nas a les temples.

–Et poso oli de sèsam –va explicar–. És antiestressant. Ja veuràs com t'anirà molt bé.

La Naïma va recollir la bola de roba amb una cua de pell que presidia el coixí.

–Què és això?

–És el Res –va respondre la Kumiko–. És així com es diu. Continuo pensant que hauria de parlar amb el director.

5. Ualabi: cangur de talla petita.

–No, no ho vull... tema resolt.

–No hi estic d'acord! –va protestar la Kumiko–. T'han castigat i no és just!

–He reaccionat malament –va dir la Naïma–. M'he deixat portar per la ràbia. Això ha sigut cosa meva... A més, no poder anar a una festa, francament, no és pas tan greu!

–Però és per culpa meva... –va murmurar la Inés.

–L'única culpable és aquella Ruby Prentice –va remarcar la Kumiko.

La Inés respirava profundament, amb els ulls clucs. Se sentia apaivagada. La Rajani tenia un do!

–On ho has après a fer, això? –va preguntar la Inés–. És una meravella...

–La meva àvia em va ensenyar l'art dels massatges i dels olis de l'ayurveda. És la medicina tradicional de l'Índia. Existeix des de fa milers d'anys!

Es va fer un moment de silenci. Tot d'una, la Naïma es va posar a riure.

–Sabeu una cosa? La senyora Beckett es diu Concordia de nom! Més ridícul, impossible!

–Ruby encara és pitjor! –va dir la Kumiko–. És tan pretensiós! Per què no Diamant, ja posats?

–Oh, calla, calla! –va exclamar la Rajani–. No sabeu el més divertit!

Va explicar amb molta gràcia la classe de dansa i com la professora havia fet miques la Ruby. Les quatre noies es cargolaven de riure sobre els llits.

–Oh, ara em sento millor! –va exclamar la Naïma–. Gràcies!

–Què en sabeu, de la festa? –va preguntar la Inés–. N'esteu al corrent?

Un dels companys de classe de dibuix n'havia parlat a la Kumiko. El primer dissabte s'organitzava una festa de benvinguda. La idea era permetre que els nous alumnes parlessin amb els veterans, que uns i altres compartissin les seves experiències. Una manera d'integrar-se més ràpidament.

Capítol 7

–Uf! –va fer la Naïma–. No em perdré gran cosa!

–Jo et faré companyia –va decidir la Inés.

–Jo també! –va afegir la Kumiko.

–No cal, de debò, jo...

–Bla bla bla! –la va tallar la Rajani–. Ens divertirem juntes o no ens divertirem gens!

La Inés es va fregar les parpelles i va sospirar.

–Ei! –es va alarmar la Naïma–. No et posaràs a plorar, ara?

–No –va respondre la Inés–. Prou de llàgrimes, prou de ploricons, prou de «vull la mama» i prou de «vull tornar a casa». Perquè...

I va mirar les companyes una per una, somrient.

–Perquè ara tinc tres amigues.

## Capítol 8
## L'Alexa descobreix la seva companya d'habitació... i el Nelson

Miss Daisy va picar a la porta i va obrir.

–Hello? Michelle, ets aquí?

No semblava que hi hagués ningú.

Va entrar a l'habitació, seguida per l'Alexa, que es va posar els punys als malucs. La Michelle havia estès les seves coses pertot arreu!

–Ehem –va fer Miss Daisy–. No és precisament el que se'n diu una persona endreçada...

–Què passa, aquí? –va dir algú.

## Capítol 8

Miss Daisy es va girar.

–Ah, ets aquí, perfecte! Et presento l'Alexa, la teva companya d'habitació.

–Què? –va exclamar la Michelle–. Ni parlar-ne! M'estimo més estar sola!

–Que et penses que això és un hotel? –va respondre Miss Daisy, contrariada–. Hi ha dos alumnes per habitació, són les normes! Per tant, fes el favor d'endreçar aquest desordre i fes lloc a la teva companya! Et sembla bé, Alexa?

–Cap problema, no pateixi!

Miss Daisy no patia. L'Alexa no era de la mena de persones que es deixaven trepitjar. Quan tornava al seu despatx, Miss Daisy va recordar l'escorpí i es va posar a riure. Li sabia greu no ser-hi quan la Michelle descobrís aquella bestiola encisadora! L'Alexa va deixar la maleta tombada a terra i la seva bossa de mà en una de les taules.

–Aquest és el meu espai –va dir la Michelle.

—Cap problema. Em poso aquí... Maco el teu minikilt!

—450 dòlars. És un KBF —va melindrejar la Michelle.

L'Alexa va fer una ganyota. 450 dòlars per un tros de roba?

—Un KBF? —va repetir—. Què és això?

—Kawaii Blue Fashion. És la marca que està de moda! Però, en quin món vius, tu?

—Al *bush*[6] australià —va respondre l'Alexa—. Jo, quan vull unes botes noves, vaig a matar un cocodril.

La Michelle es va quedar muda d'estupefacció. Tranquil·lament, l'Alexa va enretirar la roba que feia nosa sobre el

6. *Bush* (en anglès): vegetació formada per arbustos i arbres aïllats. A Austràlia, aquesta vegetació és molt estesa.

llit i llavors hi va buidar la maleta. Finalment va treure l'escorpí del senyor Li i el va posar en un prestatge. La Michelle va deixar anar un crit i es va enfilar a la cadira.

–No és viu –va observar l'Alexa.

–Treu això d'aquí ara mateix!

L'Alexa va fer un petit somriure irònic i, marcant les paraules amb gestos, va replicar:

–El teu espai... EL MEU espai!

La Michelle la va fulminar amb la mirada, però sense cap efecte.

–Que saps on són les quadres?

–Per què ho hauria de saber? –va remugar la Michelle baixant de la seva talaia.

–Ja ho trobaré. *See you later!*[7]

***

7. *See you later* (en anglès): 'adéu, fins després'.

L'Alexa va veure el recinte d'equitació a tocar del bosc que envoltava l'Acadèmia. Els cavalls prenien la fresca al prat del costat. L'Alexa els va observar un moment. Es va fixar en una preciosa euga baia. Li agradava especialment. Va decidir entrar a les quadres per examinar les selles. Així que va travessar el llindar de la porta, van ressonar uns cops violents. L'Alexa es va aturar i va escrutar la penombra. No en tenia cap dubte. Hi havia un cavall de pelatge fosc tancat en un box. L'Alexa va avançar uns passos. La bèstia va tornar a picar a la tanca i llavors es va refugiar en un racó, amb les orelles abaixades enrere, esbufegant sorollosament. L'Alexa li va veure el blanc dels ulls. Va entendre que el cavall estava mort de por.

–Tranquil... –va murmurar–. Xst... xst... Tranquil...

Darrere l'Alexa es va perfilar a contrallum la silueta d'un home molt gros.

–Ah! –va dir ell–. Sabia que el Nelson s'agitava

per algun motiu. No et moguis. És perillós. Sóc en Rainer, el teu professor. Perquè tu ets l'Alexa Clark, oi?

–Sí, senyor. Sembla que el Nelson té una ferida al flanc. Què li ha passat? Un accident?

–No cal que em diguis «senyor». Digue'm només Rainer. No, el Nelson no està ferit. El seu antic amo el pegava.

L'Alexa va sentir nàusees. No suportava que maltractessin els animals. En Rainer li va explicar com l'Acadèmia havia salvat el Nelson. El seu amo no aconseguia ensinistrar-lo i, en comptes de mostrar paciència, el fuetejava fins a fer-lo sagnar, cosa que, evidentment, feia el Nelson més feréstec.

–Tothom considerava el Nelson un cavall dolent i irrecuperable. L'havien de sacrificar. Ens va avisar el veterinari. El seu amo va tenir la barra de demanar-nos diners per desempallegar-se del seu cavall!

–Que miserable! Pobre Nelson...

–Et veig les intencions d'una hora lluny –va respondre en Rainer–. Treu-t'ho del cap!

–El què? –es va sorprendre l'Alexa.

–Us conec molt bé, les noies! Llegiu massa novel·les roses en què l'heroïna seductora aconsegueix domar el cavall desbocat! En la realitat, les coses no són tan boniques. El Nelson et pot matar d'una coça. I ho farà si tens la idea boja d'acostar-t'hi.

–Visc en un país on hi ha un munt de bèsties salvatges –va dir l'Alexa–. He après que és millor mirar-se-les de lluny! Però què fareu pel Nelson?

–Deixar-lo al seu box, de moment. No hi ha més remei, ataca els altres cavalls. No és perquè sigui dolent. Té por. D'aquí a unes setmanes, el Nelson s'haurà acostumat a la nostra presència i haurà entès que no li volem cap mal. Però haurà

de passar temps abans que algú el pugui muntar. I potser no es podrà mai.

En Rainer va suggerir a l'Alexa que sortissin de les quadres per no molestar més el Nelson.

–Si realment el vols ajudar, parla-li suaument cada vegada que siguis aquí. I guarda una certa distància.

–De parlar, en sé! –va bromejar l'Alexa.

## Capítol 9
## El Jazz fa una amiga

La Inés va sortir de la classe del senyor Ramos, el seu professor de guitarra, amb ganes de ballar. El senyor Ramos era l'home més agradable de l'univers! El matí havia anat tan bé que la Inés gairebé s'havia oblidat del nefast dia anterior. Va dubtar entre passejar-se pel parc i tornar a l'habitació. Era massa d'hora per anar al menjador. L'atzar va decidir per ella. En passar per davant d'una aula, va veure el piano. Hi va donar una ullada. L'aula era buida, no es veia ningú pel voltant...

## Capítol 9

El piano l'atreia com un imant. No el sabia tocar bé. Però era capaç de tocar alguns acords, com l'acompanyant de la Signora Della Torre. Després del desastre del dia abans, no li aniria malament una mica d'entrenament. Hi va entrar.

En un primer moment, no gosava alçar gaire la veu. Llavors va anar agafant seguretat i va iniciar una sèrie de vocalitzacions. Sense galls!

Es va aturar al do, dues octaves superiors.

–Pots arribar al fa sense cap problema. Domines els aguts, cal treballar els greus. És normal a la teva edat.

La Inés va retenir un crit de sorpresa i es va girar. La Bianca Della Torre s'havia plantat al llindar de la porta.

–El teu ventre funciona una mica com una manxa per atiar el foc. La teva gola és un conducte per on surt l'aire que permet que vibrin les cordes vocals. Has de mantenir la gola relaxada. Si es tanca, no podràs aguantar les notes. Deixa'm lloc al piano. Val més que estiguis dreta.

Durant vint minuts, la Inés va tenir el privilegi de rebre una classe particular. La Bianca continuava sent igualment exigent, però ara apareixia com una professora amable, capaç d'apreciar l'alumne i felicitar-lo. Havia desaparegut el drac despietat que es cruspia els nens crus! La Inés estava tan concentrada que no va sentir el timbre que anunciava el dinar. La Bianca es va aixecar.

–Bé. Ja és l'hora –va dir–. Continuarem dilluns!

–Gràcies, senyora –va respondre la Inés.

La Signora va assentir amb el cap tot somrient.

–És la primera vegada que veig una alumna fent vocalitzacions durant el seu temps lliure.

***

La Inés va arribar tard al menjador. Primer havia anat a deixar la guitarra a l'habitació. La Naïma li havia reservat una cadira al seu costat. Tres taules més enllà, la Ruby i les seves dues companyes rosegaven fulles d'enciam amb la punta de les dents. Feien règim. La Naïma les va assenyalar amb el dit.

–Tinc ganes d'anar a picar l'espatlla de la Ruby i dir-li: «Ei, hola, encara sóc aquí, mala...».

La Naïma va estar a punt de pronunciar una paraula molt lletja.

–Bruixa? –va suggerir la Rajani.

–Cotorra –va proposar la Kumiko–. Orangutan en tutú. Mal...

–Verí! –va completar la Naïma rient una mica massa fort.

L'Alexa es va presentar al menjador quan ja retiraven els plats calents. La senyora que servia va remugar i li va fer un comentari desagradable.

–M'havia de canviar –va replicar l'Alexa–. He netejat les quadres! No li hauria agradat l'olor... No s'hi amoïni, sóc molt ràpida!

Va omplir la safata de qualsevol manera en trenta segons. Llavors es va dirigir cap al grup de les harpies i es va instal·lar al costat de la Ruby després de clavar-li una empenta sense voler.

–Perdó! –es va disculpar l'Alexa–. Com va, Michelle? Què en penses, de la meva faldilla amb volants? És una FPM.

La Michelle es va inclinar per mirar per sota la taula.

–No conec la marca FPM –va dir.

–Feta Per la Mare! –va respondre l'Alexa, burleta.

La Ruby no podia deixar de mirar aquella noia. Pobra Michelle! Haver de compartir habitació amb una noia que vestia roba feta per la seva mare! Quin horror!

–Et menjaràs tot això? –es va sorprendre la Jennifer.

L'Alexa va observar els plats de les seves veïnes.

## Capítol 9

Enciam, tres tomàquets, dues rodanxes de cogombre. Ni una trista llesca de pa i sense amanir.

–Ehem... Et dono el meu flam, si vols –va proposar l'Alexa–. O les galetes...

–No, gràcies. Tinc un iogurt. Desnatat i sense sucre...

–El sucre és molt dolent per a la salut –va declarar la Ruby en un to pretensiós.

–La meva besàvia s'ha atipat de pastissos de poma tota la seva vida –va replicar l'Alexa–. I encara juga al polo![8]

La Ruby es va aixecar amb un gest brusc. Allò era més del que podia suportar. Ja era prou penós haver de seure a classe al costat dels altres alumnes. No estava obligada a compartir el seu dinar amb aquella descarada!

–Jenny –va ordenar–, som-hi!

8. Polo: esport que enfronta dos equips de quatre genets a cavall proveïts de maces amb què piquen una pilota.

–Però si encara no m'he menjat el iogurt –va protestar feblement la Jennifer.

–Saps perfectament que has de perdre un quilo –va dir la Ruby amb una certa crueltat.

La Jennifer va sospirar i va obeir. Patia d'una evident manca de confiança en ella mateixa. Aprofitant que la Ruby es girava d'esquena, l'Alexa va posar les galetes a la mà de la Jennifer, que va esbossar un somriure i es va afanyar a amagar-se el paquetet a la butxaca.

L'Alexa va badallar. Li venia tota la fatiga de cop i volta. La tarda prometia ser dura. Sobretot

perquè hi havia classe de mates... I allò no era el que la mantindria desperta! Va observar els alumnes al seu voltant. Se sentia sola. Hi havia poques possibilitats que la Michelle es convertís en la seva amiga. Potser millor així! Aquella criticaire no li acabava d'agradar. I l'Alexa més aviat sentia un plaer entremaliat rient-se'n. Va tornar a badallar. Ui, ui, ui! El timbre la va sobresaltar. Va intentar revifar-se una mica. Però va sortir del menjador arrossegant els peus.

***

El labrador negre es va posar dret, va bordar breument i es va acostar a l'Alexa movent la cua.

–Jazz, vine aquí, als meus peus! –va ordenar el senyor Meyer.

L'Alexa es va preguntar com havia endevinat aquell home que el gos s'havia aixecat. Era evident que tenia l'orella fina.

–Ha vingut l'Alexa Clark –va anunciar Miss Daisy–. Ehem... Hi ha hagut un petit... ehem, incident. L'Alexa s'ha adormit durant la prova de matemàtiques.

–A qui se li acut posar un examen el primer dia! –va exclamar l'Alexa.

Miss Daisy va fer uns ulls com unes taronges. No es podia adreçar al director en aquell to!

–Les proves serveixen per determinar el nivell de coneixements dels alumnes que vénen de tots els països del món –va respondre el senyor Meyer–. Suposo que has explicat al professor que el teu viatge ha sigut especialment feixuc.

–Aquí és on hi ha hagut el petit incident... –va replicar Miss Daisy.

El senyor Meyer va posar les mans planes sobre la taula.

–M'imagino l'escena... l'Alexa ha dit... que a qui se li acut posar un examen el primer dia?

## Capítol 9

–Bé, més o menys –va admetre l'Alexa–. Potser amb paraules no tan amables... No és del tot culpa meva, el senyor Brown m'ha despertat bruscament. El que realment no li ha agradat, crec, és que tota la classe hagi rigut.

Miss Daisy es va mossegar els llavis. Li costava mantenir-se seriosa. L'Alexa la divertia molt, no podia fer-hi més! L'australiana va afegir:

–Jo també tinc un gos. Es diu Bunbulama. És el nom d'un esperit generador de pluges dels aborígens.

–És molt interessant –va respondre el senyor Meyer.

–L'Alexa ha demanat disculpes al senyor Brown –va explicar Miss Daisy–. Ell les ha acceptades, però tot i així desitjava que vostè hi intervingués.

–D'acord... Noieta, em sembla que ja sé quin és el teu problema. Xerres massa, sovint a tort i a dret, i no diferencies entre un adult i un dels teus companys. No és una manca de respecte per part teva, és la teva manera de ser. Desgraciadament, els adults no sempre ho entenen i això et porta problemes.

–És veritat –va aprovar l'Alexa.

–Compto amb tu per corregir-ho. Els professors no són els teus col·legues. I ara vés a descansar, que ho necessites.

–Sí, senyor. Puc treure a passejar el Jazz, si li va bé.

–Gràcies, no cal.

–Em sap greu contradir-lo. Però és que el Jazz fa cinc minuts que no para de cargolar-se mirant la porta.

El senyor Meyer es va inclinar cap al seu gos.

–Què, tu? Que has oblidat com avisar-me?

El labrador de seguida es va aixecar i va posar la pota sobre el genoll del seu amo.

–Aquest gos és massa educat –va bromejar Miss Daisy–. No ens volia interrompre!

–Ara tinc feina –va remarcar el senyor Meyer–. Per tant, Alexa, si continua en peu el teu oferiment...

–Oi tant, senyor! Vine, Jazz!

Miss Daisy no es va aguantar el riure quan l'Alexa havia sortit, seguida per un Jazz entusiasta.

## Capítol 10
## Un molí força misteriós

Els alumnes aprofitaven que feia sol per passejar pel parc. Assegudes a la gespa, les Kinra xerraven contentes.

–Guaita! –va exclamar la Naïma–. És el Jazz! Amb aquella noia.

–No és la que s'ha adormit a classe de mates? –va preguntar la Rajani–. Que estrany, creia que la castigarien... i passeja el gos!

–El senyor Meyer no és un director com els altres –va respondre la Naïma.

## Capítol 10

–Que maco que és el Jazz! –va deixar anar la Inés, extasiada–. M'agradaria tant tenir un animal! La meva mare sempre s'hi ha negat.

–Sembla simpàtica, aquella noia –va dir la Kumiko.

–Ets boja! –va protestar la Naïma–. Que no has vist que dinava a la taula de la Ruby?

–Sobretot he vist com la Ruby era la primera de riure quan el senyor Brown l'ha renyada. M'estranyaria que fossin amigues.

–Està sola –va constatar la Inés.

La Rajani es va aixecar de cop.

–Tens raó. No és per presumir, però no em solc equivocar amb les persones. Vaig a parlar amb ella. De seguida veuré si pot ser una bona amiga!

La Kumiko va fer una mímica graciosa i es va posar a imitar-la.

–No és per presumir, però presumeixo igualment!

–Kumiko! –va grunyir la Rajani–. No fa gràcia!

–T'estimo molt, però és que, en alguns moments, fas de... germana gran protectora! De vegades està bé, però d'altres carrega una mica. Aquest matí, m'has tapat el tub de pasta de dents, m'has netejat el raspall dels cabells i m'has allisat el llit. Jo no t'havia demanat res!

–La Inés em renya perquè no sóc endreçada –va dir la Naïma.

–Ei! –es va revoltar la Rajani–. No és veritat!

–No ets conscient del que dius tu mateixa! «Treu les samarretes de la cadira! Deixa les sabates a l'armari! No amunteguis els llibres per terra!».

–Estem envoltades de dues maníaques! –va riure la Kumiko.

–Sort que en teniu –va replicar la Rajani–. Si no us estiguéssim al damunt, les nostres habitacions aviat semblarien un camp de batalla!

Va mirar darrere seu i va obrir els braços.

## Capítol 10

–Eh, ho veieu! Amb les vostres ximpleries, ara ha desaparegut!

–S'ha endinsat al bosc amb el gos –va explicar la Inés–. No sé com s'ho fa per córrer amb una faldilla llarga...

–Ja trobarem altres ocasions per parlar-hi –va suposar la Kumiko.

La Naïma va tenir un calfred. Havia oblidat la jaqueta i ara tenia fred. La Rajani va proposar tornar a l'escola. La cafeteria era oberta tot el dia i un te calent li semblava una bona idea.

Mentrestant, l'Alexa i el Jazz s'endinsaven en les profunditats del bosc. El labrador s'ho passava d'allò més bé. Poques vegades podia córrer tant amunt i avall! El pendent del terreny s'accentuava bruscament. L'Alexa va relliscar i es va agafar a una branca. El Jazz ja era a baix. L'Alexa va baixar amb compte.

–Oh, quin racó més bonic... –va murmurar.

Pel fons del barranc s'escolava un rierol. El Jazz va saltar a l'aigua i va esquitxar pertot arreu.

–Col·lega, si et torno tot enfangat, no estic segura que li agradi al senyor Meyer!

El Jazz va bordar movent la cua. Llavors va saltar al marge i va arrencar a córrer.

–Eh! Espera'm! Jazz! Oh, no... Només faltaria ara que perdés el gos del director...

A l'Alexa li costava molt seguir el labrador. Els marges del rierol eren plens de bardisses i els esbarzers l'esgarrinxaven.

–A fer punyetes! –va exclamar.

Va decidir caminar per l'aigua. Era preferible mullar-se que esquinçar-se la faldilla. Costava mantenir el pas. Els còdols lliscaven sota la sola de les sandàlies. Com més avançava, més fort era el corrent. Sentia un bram sord. Va tenir por i va preferir refugiar-se a terra ferma. A través de la cortina densa dels arbres, va veure que el rierol desembocava

en una riera. L'Alexa va descobrir un pas entre dues grans roques i s'hi va esmunyir. Es va aturar, meravellada per l'espectacle.

El curs d'aigua era, de fet, un veritable riuet, d'un color verd maragda sumptuós. A una cinquantena de metres s'alçava un vell molí. La roda feia temps que no girava, però l'edifici encara semblava sòlid. La silueta del Jazz es destacava sobre el vell pont de pedra que unia el molí amb les ruïnes d'un poble abandonat. L'Alexa va trobar el rastre d'un camí i el va seguir.

Una placa de metall rovellat a la porta gruixuda de fusta barrava el pas a l'interior del molí.

*Prohibit entrar – Perill.*

L'Alexa va somriure. Era millor que una invitació!

Va intentar, sense èxit, aixecar el gran forrellat de ferro. Estava encallat...

–Em sap greu, amic meu –va dir acariciant el Jazz–. Un altre dia serà... Au, som-hi! El teu amo començarà a neguitejar-se!

En aquell moment, li va saber greu no tenir amics amb qui compartir aquella descoberta.

## Capítol 11
## Dia de festa

L'Alexa s'entretenia dibuixant cares. La Michelle feia una hora que era al lavabo. Finalment va aparèixer. L'Alexa va tancar precipitadament la llibreta, un gest que no va passar per alt a la Michelle.

–Ja està bé! –va protestar l'Alexa deixant el llapis–. Només tinc cinc minuts per preparar-me! Això no pot continuar així! Per tant, a partir d'ara, o t'afanyes per anar més de pressa o et lleves més d'hora!

–Només cal que hi passis tu abans –va replicar la Michelle–. De tota manera, avui no hi ha pressa.

L'Alexa va tallar en sec la discussió per anar a dutxar-se. Quan es va quedar sola a l'habitació, la Michelle va córrer a obrir la llibreta. En descobrir el dibuix, va arronsar les espatlles. Francament, la seva companya d'habitació no era gaire bona dibuixant!

Quan l'Alexa va sortir del lavabo, la Michelle ja se n'havia anat. Va examinar la seva taula i va arrufar les celles. El llapis que havia deixat al costat de la carpeta havia anat per terra. Un estratagema que havia ideat per descobrir el seu germà quan li regirava les seves coses. En general, qui queia a la trampa era un dels seus gats, però seguia sent un bon sistema. El llapis en equilibri queia fàcilment si es movia un objecte sobre la taula. A més, la llibreta estava lleugerament torta... No hi havia cap dubte! Aquella tafanera de la Michelle hi havia donat un cop d'ull. L'Alexa va riure per sota el nas. Havia mirat, però segurament no havia entès res! En tot cas, calia no refiar-se d'aquella xafardera.

L'Alexa es va posar els seus braçalets multicolors. Ja estava a punt per a l'esmorzar... sense ningú amb qui compartir-lo. Però havia pres una decisió: aprofitaria la festa per fer amistats. De fet, era per això, no, la festa de benvinguda?

No es va entretenir gaire estona al menjador. Tenia poca gana. Per matar l'avorriment, l'Alexa va anar a visitar el Nelson. Des de fora, el va sentir clavar cops a la porta del seu box. Quina ràbia! Quan va entrar a les quadres, el Nelson es va refugiar en un racó, esbufegant sorollosament. Ella sabia què li deia. «Qui ets? Vés-te'n!». L'Alexa va mantenir les distàncies, tal com li havia aconsellat en Rainer. Llavors va començar a bufar per la boca, suaument. Ella li responia: «No tinguis por, no et vull cap mal». El Nelson va girar les orelles cap endavant.

El cavall escoltava.

–Ho veus? Conec el teu llenguatge... –va murmurar l'Alexa.

La pell del Nelson tremolava. Va picar el terra amb poca força.

–*Annin nglelurumi gelane.*

L'Alexa va repetir la frase diverses vegades amb una cantarella suau i tranquil·la. El Nelson ja no es movia.

–*Annin nglelurumi gelane*... Ho vaig aprendre del meu amic Jimmy de la tribu Warramunga. Vol dir: 'Tingues confiança, germà'.

El Nelson va tornar a agitar-se. Venien unes veus

de fora. Uns alumnes cridaven els cavalls del prat per donar-los un tros de pa o de poma. No eren gens discrets. L'Alexa va sospirar.

–Ara vinc, bonic.

Va córrer la porta feixuga per evitar que molestessin més el Nelson.

***

Com que feia bon dia, havien parat unes grans taules sobre la gespa. Molts s'aplegaven a correcuita al voltant del bufet per agafar els deliciosos entrepans. La Kumiko va empènyer uns alumnes per deixar passar la Inés, que portava dos plats plens, un per a ella i l'altre per a la Naïma. La Rajani les esperava al costat de l'escalinata.

–Uf! –va exclamar-se la Kumiko–. Quina gentada! Bé, ja està! Ja tenim el dinar!

Estaven a punt d'entrar a l'escola quan la senyora Beckett els va barrar el pas.

–On aneu així, amb quatre plats?

–És per a la Naïma, senyora –va dir la Inés–. Com que no pot baixar, hem pensat que...

–Ei ei ei! –la va interrompre la professora–. Està castigada i us prohibeixo que l'aneu a veure.

–També s'ha de quedar sense dinar? –va replicar la Kumiko, escandalitzada.

–Oi tant que no. Li han pujat una safata de la cuina.

En veure la cara de tristesa de la Inés, la senyora Beckett va tenir un moment de dubte.

–Bé... M'encarregaré que li portin alguns pastissets més. Au, va, fora! No us vull tornar a veure més per aquí!

La Rajani li va donar les gràcies. La Kumiko treia foc pels queixals. Mentrestant, la Ruby gaudia del sol i de la festa, que injust!

–La Naïma ens espera –va remarcar la Inés–. No entendrà que no tornem!

–L'hem d'avisar –va dir la Rajani–. On és la vostra habitació?

–Eh... Veiem el bosc des de la finestra, per tant, és a la dreta!

Van fer la volta a l'edifici.

Dissortadament, la finestra de l'habitació estava

tancada. Era inútil cridar. Els alumnes feien molt de xivarri. La Kumiko va recollir una pedra i la va sospesar.

–Treu-t'ho del cap! –es va esverar la Rajani–. Podries trencar un vidre!

–Què feu? –va preguntar algú darrere d'elles.

–Res! –va fer la Kumiko abans i tot de saber qui havia parlat. Va reconèixer la noia que s'havia adormit a la classe de mates.

–Res d'interessant –va precisar.

–Ja ho entenc! –va dir l'Alexa rient–. Espero que tinguis punteria. El llançament de pedretes és tot un art! Si pretens atreure l'atenció d'una persona que, posem per cas, es troba en una habitació d'allà dalt, et recomanaria que fessis servir grava. És clarament menys perillós.

–No funcionarà –va observar la Inés–. La grava és massa lleugera. No arribarà al tercer pis.

–És veritat –va admetre l'Alexa–. Potser és una

pregunta estúpida, però, per què no entreu senzillament a l'edifici?

–Ens ho han prohibit –va explicar la Rajani.

–Ah... però no pas a mi! –va respondre l'Alexa, rient.

La Kumiko i la Rajani es van intercanviar una mirada. La Inés, més confiada de mena, va manifestar el seu entusiasme.

–Genial! Et faria res portar un missatge a la nostra amiga? Habitació 306.

–Que és un secret?

–Eh? No. Només és per dir-li que no hi podem anar.

–Que pobre! –va protestar l'Alexa, decebuda–. Hi hauria d'haver un missatge xifrat, almenys!

–Que... què? –va quequejar la Inés, desconcertada.

–Ui! Veig que encara n'heu d'aprendre molt! Imagineu-vos que m'ataquen a mig camí...

–Què t'empatolles? Com vols que t'ataquin? –la va tallar la Rajani.

L'Alexa va alçar la mirada cap al cel.

–Això no importa! No es pot enviar mai un missatge sense prendre precaucions. M'imagino que no teniu cap contrasenya per comunicar-vos entre vosaltres, oi? No, és clar.

–Només fa tres dies que ens coneixem –va dir la Rajani.

–Sí, però té raó ella! –va exclamar la Kumiko–. No oblidem les harpies! M'agrada això de la contrasenya!

–Qui són les harpies? –va voler saber l'Alexa.

–La Ruby... –va remugar la Inés.

–Espera! La Ruby? La rossa que pesa vint quilos i que va sempre amb la meva companya d'habitació? Es pensa que és la reina d'Anglaterra!

–La teva companya d'habitació?

–La Michelle, una pretensiosa! Ahir a la nit només em va parlar del preu de la seva roba. Vaig tenir la impressió que xerrava amb una caixa enregistradora!

La Kumiko va esclatar a riure. Li agradava la franquesa i l'humor de l'Alexa. També semblava tenir idees molt originals. L'Alexa els va explicar el que li havia passat a Bangkok. La Inés va trobar molt divertida la història de l'escorpí, i és que, curiosament, li encantaven aquelles bestioles. Quan l'Alexa va saber per què la Naïma estava castigada, ho va trobar indignant.

–No badem, se l'ha d'avisar –va recordar la Rajani.

–És veritat! –va exclamar l'Alexa–. Pobreta!

Es va ajupir per treure's les sandàlies i va somriure a les noies.

–Confieu en la meva llarga experiència. La millor manera de no aixecar sospites és no semblar que amagues res.

Amb les sandàlies a la mà, l'Alexa es va dirigir cap a l'entrada de l'escola. La senyora Beckett continuava al capdamunt de l'escalinata. L'Alexa no va intentar esmunyir-se a l'edifici d'amagatotis i es va plantar davant de la professora.

–Que puc pujar, senyora? Em fan mal els peus i em voldria canviar de calçat.

–Oi tant, miss Clark.

L'Alexa li va donar les gràcies amablement. Va anar primer a la seva habitació a posar-se les vambes roses, per si de cas la senyora Beckett era desconfiada de mena.

La Naïma va obrir la porta així que va sentir els trucs.

–Si que heu trigat! Oh!

Es va quedar mirant l'Alexa. La va reconèixer i

es va preguntar si la Ruby no li estava parant una trampa enviant-li una de les seves companyes.

–Hola! Sóc la missatgera. Em dic Alexa.

Li va explicar el motiu de la seva presència.

La Naïma no reaccionava.

–Algun problema? –es va sorprendre l'Alexa.

–Cap ni un. Gràcies.

La Naïma li va tancar la porta als nassos. L'Alexa va posar els braços fent nansa. Déu n'hi do, quina acollida més freda, fregava els quaranta sota zero! S'ho podia haver imaginat. Això és el que passava quan no es tenia una contrasenya. La Naïma mostrava una prudència excessiva, cosa que era més aviat un punt a favor d'ella.

L'Alexa es va animar. Estava segura que havia trobat les amigues que tant desitjava. Aquell curs pintava genial!

## Capítol 12
## Kinra Girls

La festa s'allargava molt, tot i que era interessant per als nous alumnes intercanviar impressions amb els veterans. Cap a les cinc de la tarda, Miss Daisy va anunciar que era hora de plegar. La Inés, la Kumiko, la Rajani i l'Alexa van anar a corre-cuita a l'habitació 306. La Naïma, que començava a avorrir-se, es va alegrar de tornar a ser amb elles. En veure l'Alexa, però, va fer mala cara.

–Aquí no hi ha prou lloc per a cinc... –va dir.

## Capítol 12

Una manera indirecta de fer saber a l'australiana que sobrava.

–Hi cabem totes si seiem als llits –va assegurar la Rajani.

La Naïma va remugar, però no va gosar insistir-hi.

–Com es crea una contrasenya? –va preguntar la Kumiko a l'Alexa.

–Teniu bona memòria? Perquè és indispensable. S'ha d'aprendre tot de memòria. Teniu un paper?

La Inés va agafar la seva carpeta i li va oferir un full. L'Alexa va començar a dibuixar-hi unes cares. Va explicar que, amb el seu germà Ben i el seu amic Jimmy, havien inventat el llenguatge *Mullee Mullee*, es pronuncia «Mul·li Mul·li». En Jimmy venia d'una tribu d'aborígens. *Mullee Mullee* era el nom que el seu poble donava a l'esperit del somni.

–Per parlar el nostre llenguatge, n'hi ha prou amb substituir una paraula per l'altra.

Per exemple, si desitjo tenir una reunió a la nostra cabana del bosc, dic: «*Bora* a la piscina». No ens entén ningú, a part de nosaltres! Una *bora* és una cerimònia sagrada dels aborígens. En Jimmy i jo som membres de la tribu *Mullee Mullee* i el nostre tòtem és el cocodril.

Capítol 12

—I el que tens aquí és un alfabet codificat —va suposar la Rajani—. Molt enginyós! I que ràpid que vas!

—És el costum. L'he practicat molt! El que és difícil és recordar els detalls. Per iniciar el principi d'una paraula, hi afegim un accessori.

La Naïma va oblidar els recels envers l'Alexa. Una noia que no dubtava a confiar-te els seus secrets era indubtablement una amiga. La Kumiko va agafar un llapis. Tenia ganes de practicar el codi amb el seu nom. Va traçar una rodona i es va aturar de cop.

—És curiós! La lletra ca és una cara amb un barret! M'encanten els barrets!

—I jo, i jo? —va exclamar la Inés—. La i és...

—És la que somica! —diu la Kumiko—. T'escau d'allò més!

–Ah, no! –va protestar la Inés–. Jo ja no ploro! Ja gairebé no ploro... Només al vespre.

–Ara mateix la teva cara és clavada al dibuix! –va bromejar la Naïma–. Oh, mireu! És increïble, la ena és un pallasso!

–Eh, Rajani, que has vist la erra? –va exclamar

la Kumiko–. Amb les grans orelles és clavada a l'Atman, el teu mico de peluix!

–I la a és la cara que riu! –va dir l'Alexa, rient.

–És increïble! –va remarcar la Rajani–. Corresponen perfectament a cadascuna de nosaltres!

Molt divertida per aquesta coincidència sor-

prenent, la Kumiko va escriure les seves inicials i la traducció en *Mullee Mullee*. En un full en blanc, l'Alexa va dibuixar tres personatges.

–I després hi ha el codi d'emergència. És fàcil de retenir. Imagineu-vos que em trobo en un turó envoltat per cocodrils i vosaltres esteu massa lluny per sentir els meus crits de socors. Aixeco els dos braços, que és el senyal de «socors». Si veig els cocodrils al voltant vostre, estiro els braços en creu, que és el senyal de «perill».

–I l'últim és « tot va bé» –va completar la Rajani–. No hi ha cocodrils!

–Exacte. Cal tenir en compte, però, que allà on visc partim del principi que sempre hi ha cocodrils!

–Com es diu «atenció, les harpies ronden per aquí» en *Mulleee Mullee*? –va bromejar la Naïma.

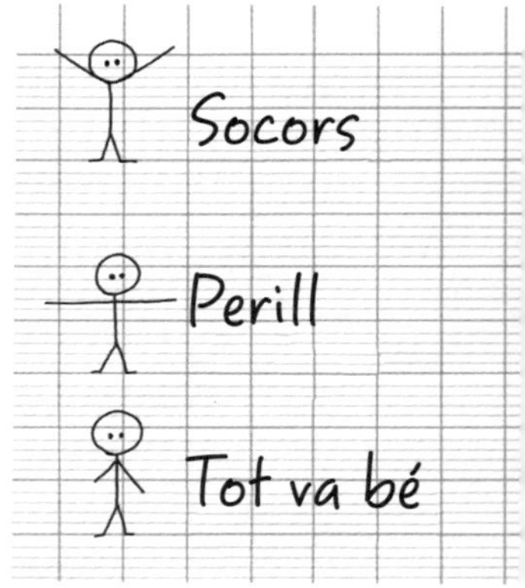

–0% –va replicar l'Alexa–. Fan règim, aquelles pàmfiles! Hauríem de fer una llista de vocabulari.

La Inés apunta a la seva carpeta: «0% = harpies».

–Llàstima que no tinguem una cabana al bosc, aquí –es va lamentar la Rajani.

L'Alexa va fer un bot sobre el llit.

–Ah, però... tenim una cosa millor!

Els va explicar com, tot passejant el Jazz, havia descobert les ruïnes d'un poblet i un molí magnífic als marges d'una riera. Un lloc ideal per fer-hi trobades!

–Tinc una paraula per a això! –va cridar la Kumiko–. Borakawa! *Kawa* significa 'riu' en japonès. Amb el teu *bora* sona superbé.

L'Alexa va assentir amb el cap i va escriure: «borakawa = trobada al molí». La Rajani va assenyalar les cares que havia dibuixat la Kumiko.

–Quina gràcia! Les nostres inicials llegides una rere l'altra fan KINRA.

–M'agrada! –es va entusiasmar l'Alexa–. La tribu Kinra!

–Kinra Girls –va suggerir la Inés–. No oblidem que som noies!

–I el nostre tòtem? –va preguntar la Kumiko–. En necessitem un!

Una rere l'altra, van anar proposant animals. Gos, gat, coala, cavall, escorpí!

–El Bob –va dir tot d'una la Naïma.

–No n'he sentit a parlar mai –va respondre l'Alexa–. Quin animal és un bob?

–No, un bob no, el Bob! És el lloro del senyor Tremblay, el meu professor d'arts del circ! És gris i amb una cua vermella. És molt bonic. I molt graciós.

–Un tòtem viu... –va murmurar l'Alexa, amb la mirada perduda–. Guai! El teu profe ens podria deixar el seu lloro?

–Ui... m'estranyaria!

–No cal que el tinguem amb nosaltres –va dir la

Rajani–, mentre sapiguem que és el nostre tòtem!

–Així, doncs, estem d'acord que sigui el Bob! –va declarar la Inés.

Just abans de desaparèixer rere els arbres, el sol va il·luminar l'habitació. La Rajani va mirar les cares banyades per una suau llum daurada. Va somriure.

–Sempre he desitjat pertànyer a un club secret o a alguna cosa per l'estil. Com en les novel·les! No creia que em pogués passar de debò. I ho he aconseguit. Sóc una Kinra!

Amb una gran rialla, la Rajani va deixar anar:

–Kinra Girls *forever!*

–Kinra Girls *forever!* –van respondre quatre veus a l'unísON.

La penombra va envair l'habitació 306.

Es va instal·lar el silenci. La Kumiko va encendre el llum i va començar a dibuixar un lloro. La Inés va recolzar el cap a l'espatlla de la Naïma. «Callar, de vegades, està bé», va pensar l'Alexa. La Rajani va agafar un retolador. A la llista del vocabulari *Mullee Mullee*, va escriure: «Tenir amics és ser ric».

*Continuarà...*

# Vocabulari

**Annin nglelurumi gelane**
(en aborigen): tingues confiança, germà.

**Atman**
(en sànscrit): ànima. A l'Índia, el mico és el símbol de l'ànima.

**Bharatanatyam**
(en tàmil): dansa tradicional del sud de l'Índia.

**Bora**
(en aborigen): cerimònia sagrada dels aborígens.

**Bush**
(en anglès): vegetació formada per arbustos i arbres aïllats. A Austràlia és un tipus de vegetació molt estès.

**Coconut**
(en anglès): coco.

**Fashion victim**
(en anglès): víctima de la moda.

**Flamenc**:
música i dansa populars d'Andalusia.

**Forever**
(en anglès): per sempre.

**Girl**
(en anglès): noia.

**Kawa**
(en japonès): riu.

**Lunares**
(en castellà): pics a la roba.

**Mullee Mullee**
(pronunciеu Mul·li Mul·li, en aborigen):
esperit del somni entre els aborígens.

**Namasté**
(en hindi): «m'inclino davant teu»,
fórmula de cortesia que vol dir
'hola, adéu, benvingut'.

**River Princess**
(en anglès): princesa del riu.

**See you later**
(en anglès): fins després, adéu.

**Sitar:**
instrument de corda indi que
s'assembla una mica a una guitarra.

# El massatge Ayurvèdic

El massatge ayurvèdic és una pràctica índia.

El nom prové de l'ayurveda, la «ciència de la vida», que és la medicina tradicional índia, encara practicada actualment. Per curar, utilitza plantes,

## PER SABER-NE MÉS...

massatges i aliments triats per les seves propietats beneficioses per al cos. Aquesta medicina existeix des de fa més de cinc mil anys!

El massatge ayurvèdic consisteix a aplicar per tot el cos o en certes parts uns productes naturals o unes plantes, sovint oli tebi.

Aquests massatges relaxen molt. Alliberen de l'estrès i milloren la circulació de la sang, alleugen la tensió dels músculs...

A l'Índia, formen part de la vida quotidiana tant dels homes com de les dones i els infants. Les mares índies fan massatges fins i tot als seus nadons cada dia!

# El codi Mullee Mullee

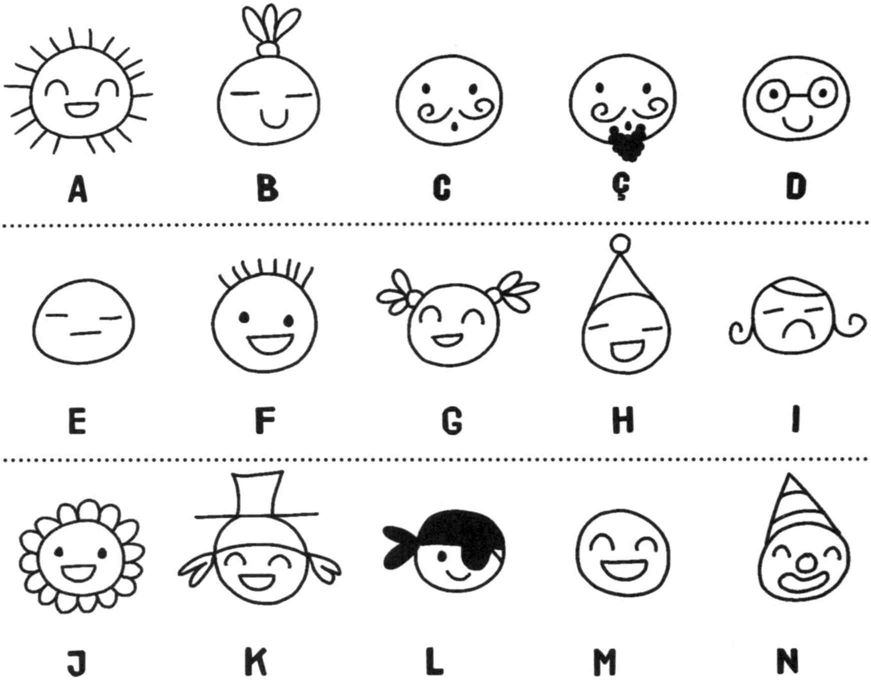


Bora = reunió secreta.

Borakawa = reunió al molí.

0% = atenció, hi ha harpies rondant per aquí.

O P Q R S

T U V W X

Y Z

La presència d'un accessori (bandera, estrella, flor...) indica l'inici d'una paraula.

Socors

Perill

Tot va bé

# L'Acadèmia Bergström

Les Kinra Girls són **cinc noies** provinents dels **quatre racons del món**: la **Kumiko**, la japonesa, la **Inés**, l'andalusa, la **Naïma**, l'afroamericana, la **Rajani**, l'índia, i l'**Alexa**, l'australiana. Es coneixen a l'Acadèmia Bergström, un col·legi internacional que acull alumnes amb talent d'arreu del món. Juntes viuran un munt d'històries inoblidables!

**NO ET PERDIS LES AVENTURES DE LES KINRA!**

# Índex

1. Quan una noia coneix una altra noia ........ 7
2. Dues noies més... ........ 19
3. ...i una noia perduda a l'aeroport ........ 25
4. Benvinguts a l'Acadèmia! ........ 33
5. Professors molt diferents ........ 45
6. Enemigues ........ 60
7. Per fi arriba l'Alexa ........ 75
8. L'Alexa descobreix la seva companya d'habitació... i el Nelson ........ 84
9. El Jazz fa una amiga ........ 92
10. Un molí força misteriós ........ 104
11. Dia de festa ........ 111
12. Kinra Girls ........ 124
Vocabulari ........ 136
El massatge Ayurvèdic ........ 138
El codi Mullee Mullee ........ 140
L'Acadèmia Bergström ........ 142

Les quadres
La glorieta i el laberint
El circ
L'Acadèmia Bergström
B